光文社文庫

文庫書下ろし／連作時代小説

黒冬《こくとう》の炎嵐《あらし》

牧　秀彦

KOBUNSHA

この作品は光文社文庫のために書下ろされました。

目次

登場人物紹介

※年齢は天保六年（一八三五）現在の数え年です。

土肥純三郎（どいじゅんざぶろう　二十一歳）
肥後国《ひごのくに》の相良藩《さがらはん》から江戸にやって来た青年武士。その目的は幕府の人材登用試験である学問吟味《ぎんみ》に及第し、幕臣《ばくしん》となって出世すること。合格まで生き延びる食い扶持《ぶち》を稼ぐため、南町奉行所同心の立花恵吾に密偵として雇われる一方で愛着深い江戸の町の平和を守るため、辻番《つじばん》の留蔵が率いる裏稼業の一党に加わっている。国許《くにもと》の人吉《ひとよし》城下に戦国の昔から伝わる、タイ捨流《しゃりゅう》剣術の若き手練《てだれ》。

留蔵（とめぞう　六十七歳）
根津権現《ねづごんげん》前の辻番所を預かる老番人。かつては根津界隈《かいわい》で名を売った遊び人。田部伊織と共に裏稼業を営み、多くの悪を葬《ほうむ》り去ってきた。純三郎を仲間にする以前は辻風弥十郎《つじかぜやじゅうろう》、本多誠四郎《ほんだせいしろう》と手を組んでいた、小柄《こがら》ながら頼もしい「おやっさん」。

田部伊織（たべいおり　四十三歳）
浪人。留蔵の相棒で、剣術と手裏剣術《しゅりけんじゅつ》の達人。元は大名家の剣術指南役だったが故《ゆえ》あって脱藩し、路上で詩を吟《ぎん》じる辻謡曲《うたい》で日銭《ひぜに》を稼いで愛娘《まなむすめ》の美代《みよ》を育ててきた。今は娘夫婦と同居する楽隠居の身だが、実は凄腕《すごうで》の裏稼業人。

佐吉（さきち　三十八歳）
かつて「滝夜叉《たきやしゃ》の佐吉」と呼ばれた、無頼漢《ぶらいかん》あがりで凄腕の岡っ引き。弟分の正平に縄張りを譲って幼なじみのお峰《みね》と所帯を持ち、あるじ兼板前として根津権現の門前町《もんぜんちょう》で人気の居酒屋『あがりや』を営む。愛用の喧嘩煙管《けんかギセル》を武器とする捕物《とりもの》の腕前と勘の冴《さ》えは健在で、折に触れて正平を助けてやっている。

正平（しょうへい　三十二歳）
根津一帯を縄張りとする岡っ引き。佐吉の許《もと》で下っ引きを務めていた。捕物の腕はからっきしだが根性は人一倍強く、抱え主の恵吾の許で奮闘中。探索の相棒として共に働くようになった純三郎とも仲が良いが、裏稼業のことは知らない。

立花恵吾（たちばなけいご　六十歳）
南町奉行所の臨時廻《りんじまわり》同心。かつては佐吉、今は正平の抱え主。正平の危機を救った純三郎の腕と人柄を見込んで密偵に雇う。奉行所内での信頼も厚い熟錬者。

花江（はなえ　三十歳）
立花恵吾の一人娘。嫁ぎ先を離縁され、実家で男やもめの父親の世話を焼く。正平を気に入って婿《むこ》にと望んでおり、近頃はお互いに満更でもない様子。不器量な上に口うるさいため前夫を含む男たちから敬遠されているが、根は優しくて世話好き。

藪庵（やぶあん　六十歳）
八丁堀《はっちょうぼり》に診療所を構える医者。恵吾と子どもの頃からの付き合い。藪医者めいた号とは裏腹に評判の名医であり、検屍医《けんしい》として南北の町奉行所にも出入りする。

土肥十郎左衛門信安（どいじゅうろうざえもんのぶやす　三十三歳）
少年の頃に家族を失った純三郎を引き取り、養育した相良藩の大物郷士。古来より相良家に仕《つか》える一方で地頭《じとう》として、領内の五木村《いつきむら》を治めてきた土肥一族の二十八代当主。国許で実の弟の如《ごと》く可愛《かわい》がっていた純三郎の出奔後、主君の参勤の供として出てきた江戸で偶然に再会を果たす。五木村へ戻るように説得を再三試みたが聞き入れてもらえぬうちに相良頼之の参勤が明けてしまい、帰国する主君に家臣は同行しなくてはならない縛《しば》り故、心ならずも肥後へ向けて旅立った。

相良壱岐守頼之（さがらいきのかみよりゆき　三十八歳）
肥後相良藩二万二千百石の十三代藩主。病身でありながら気丈な人物。藩の財政を建て直すために家中の反対を押し切り、国家老《くにがろう》の田代善右衛門政典を重用する。

相良英次郎（さがらえいじろう　十二歳）
頼之の嫡男《ちゃくなん》。大名の妻子を人質《ひとじち》として江戸に留め置く幕府の定めに従い、芝《しば》の愛宕下藪小路《あたごしたやぶこうじ》にある相良藩邸で暮らしながら剣術修行に熱中する御曹司。ひょんなことから純三郎と知り合い、相良家と因縁のある土肥家の縁者とは知らずに慣れ親しむ。英次郎は幼名で、後に十四代藩主・相良長福《ながとみ》となる。

田代政近（たしろまさちか　六十六歳）
タイ捨流を会得した藩士たちで構成される、相良藩の隠密《おんみつ》集団・相良忍群《にんぐん》の頭領。純三郎の亡き父・真野均一郎《まのきんいちろう》の過去を知っていながら詳細は黙して語らず、江戸に居着くべく奮闘中の純三郎を陰で見守る。

田代小四郎（たしろこしろう　二十二歳）
政近の嫡男でタイ捨流の若き名手。相良忍群では小頭《こがしら》を務めており、政近に見込まれた純三郎を敵視する。剣の腕前は純三郎とほぼ互角だが、達人である父の域には遠く及ばず、不満を抱《いだ》きながらも逆らえずにいる。

田代善右衛門政典（たしろぜんえもんまさのり　五十四歳）
相良藩の国家老。藩主の頼之が寄せる信頼の下《もと》で財政改革を推し進める。相良忍群を率いる田代政近は異母兄。

真野伝作（まのでんさく　七十七歳）
純三郎の祖父。相良藩領内の村で暮らす貧乏郷士《ごうし》。

北町の蝮《まむし》

一

土肥純三郎《どいじゅんざぶろう》は、今日も夜明け前に起床した。

暗がりの中、手探りで身支度《みじたく》を調えると大小の二刀を帯《お》びる。

布団《ふとん》と夜着を手早く畳《たた》み、枕と一緒に部屋の隅に寄せておく。

純三郎の家は、昨年の秋から住み着いている根津《ねづ》の裏店《うらだな》。

狭い路地に人影は見当たらない。

どぶ板を踏む音で隣近所の住人を起こしてしまわぬように気を付けつつ、純三郎は路地を小走りに駆け抜ける。

近所の人々だけでなく、木戸番《きどばん》の親爺《おやじ》も眠りこけていた。

番人の役目を怠《なま》けているわけではない。

時刻は、まだ暁七《あかつきなな》つ（午前四時）になったばかり。

長屋が建つ路地と表の通りを隔《へだ》てる木戸は防犯のため、夜四《よるよ》つ（午後十時）から明《あ》け六《む》つ（午前六時）までは閉じておく決まりなので、番人も戸締まりをした後は眠ってしまって差し支えなかった。

留蔵《とめぞう》とさほど歳《とし》の違わぬ木戸番を、私用の外出で叩《たた》き起こしては申し訳ない。

軽く助走を付け、純三郎はひらりと木戸を跳《と》び越える。

寝起きとは思えぬ、軽やかな体《たい》さばきだった。

たとえ目が覚めていても、常人に容易《たやす》く出来ることとは違う。

江戸を遠く離れた肥後《ひご》の山奥で育った純三郎は、鴉天狗《からすてんぐ》さながらに身が軽い。

同じ長屋のちび連から「てんぐのおにいちゃん」と慕《した》われ、いつもせがまれては高跳びや宙返《ちゅうがえ》りを披露してやっている。

脱藩者の素性《すじょう》を隠さざるを得なかったため仕事にありつけず、食うに困って根津権現《ごんげん》の境内《けいだい》で大道芸人の真似事《まねごと》をしていたこともある純三郎にとって、自分の背丈よりもやや高い程度の、長屋の木戸を跳び越えるぐらいは雑作《ぞうさ》もない。

純三郎は体付きこそたくましいが、身の丈はそれほど高くなかった。

二十歳《はたち》を過ぎて伸びが止まった身長は五尺四寸（約一六二センチメートル）。成人男性の平均より少し大きい程度で、脚は短め。全身の筋肉が発達しており、大小の二刀を帯びた腰《こし》がどっしり据《す》わっているのが裏目に出て寸胴《ずんどう》に見えるが、風采《ふうさい》が上がらぬわけではない。

決して豊かではない暮らしの中、純三郎は身だしなみに気を遣《つか》っていた。引き締まった体にまとっているのは、木綿《もめん》の袷《あわせ》と細身の野袴《のばかま》。いずれも着古してこそいるものの、型崩れまではしていなかった。

木綿の袴は皺《しわ》になりがちだが、洗って干すたびに手で伸ばす労を厭《いと》わずにいれば、崩れやすい襞《ひだ》もきちんと保たれる。陰干しを心がけ、陽《ひ》に当てすぎぬようにしている甲斐《かい》あって、着物も袴も色褪《いろあ》せてはいなかった。

襟《えり》を正し、はみ出さぬようにして着けた襦袢《じゅばん》も、洗濯が行き届いていた。

髪型も浪人《ろうにん》そのものの総髪《そうはつ》だが、だらしなさは皆無である。鬢付《びんづ》け油を用いていないため、元結《もとゆい》代わりの木綿糸で束《たば》ねた髪は若干《じゃっかん》ぱさついてはいるものの、雲脂《ふけ》などたまっていない。

昨夜のうちに近所の湯屋《ゆや》へ行って汗を流し、洗髪も済ませてある。

どのみち浪人同然の身で髪の手入れをする必要などなかったが、純三郎は月代《さかやき》を剃《そ》らずに伸ばしている以外は、何事も折り目正しくしていた。

貧乏しても人から後ろ指を差されぬよう、身だしなみを正しくするのが武士たる者の在《あ》るべき姿。洒落《しゃれ》っ気ではなく、範《はん》を示すためにこそ装うべし。

純三郎は若くして、そんなことを心がけていた。

武士は身なりひとつを取っても、町人にない数々の特権がある。その意味というものを考えれば、自《おの》ずとだらしなくしてなどいられないはずだ。

武士が刀に脇差《わきざし》を添えた大小を帯び、庶民には晴れ着とすることしか許されない羽織袴を常着に出来るのも、あくまで人の上に立つ身であればこそ。

とはいえ、禄《ろく》を離れた身となってまで同様にするのは難しい。

さすがに純三郎も髪結床《かみゆいどこ》の費《つい》えを節約するため、主君を持たないうちは剃る必要のない月代の毛だけは伸ばしていたが、貧乏だからと蓬髪弊衣《ほうはつへいい》で過ごすのに慣れてしまっては、何ひとつ変わるまいとも思う。

なればこそ、浪人同然の暮らしであっても折り目正しくしていたいのだ。

しかし世の中には貧乏に甘え、堕落《だらく》するばかりの輩《やから》も少なくない。

肥後の片田舎《かたいなか》で相変わらず飲んだくれているであろう純三郎の祖父も、そんな名ばかりの武士の一人であった。

後の世と違って儒教《じゅきょう》に基づく道徳教育が徹底された時代にも、己《おのれ》の怠惰《たいだ》な生き方を恥じることなく、開き直る怠け者はいた。

そんな恥ずべき手合いを祖父や叔父《おじ》に持ち、見習いたくもない生き方を嫌と言うほど見せつけられて育った純三郎は、だらしないのを何よりも嫌う。

そうでなければ夜明け前から起床したりはしないし、夢を抱《いだ》いて生きようなどと最初《はな》から考えもしなかっただろう。

そもそも純三郎が江戸にやってきたのは、望ましい一生を送るための土台作りが目的なのだ。

先に行くほど苦しい道なのは目に見えていたが、それもまた一興《いっきょう》というもの。

初志《しょし》を貫徹せずして、何が人生か。

戦いもせずに安易な道に逃げていて、何が楽しいのか。

自分の生き方は、自分で決める。

努力を厭《いと》わぬ代わりに、誰にも邪魔はさせまい。

それが当年二十一歳になる、土肥純三郎という若者の揺るぎない信条だった。

長屋の木戸を跳び越えた純三郎は、足取りも軽やかに歩き出す。

根津権現の裏手にある、その名も裏門坂を登って左に曲がれば、武家屋敷が建ち並ぶ大路に出る。道なりに続く塀に沿ってしばし歩き、門構えも豪壮《ごうそう》な加賀《かが》藩邸の前を通過すれば、本郷《ほんごう》の町へと至る。

三丁目に至り、人気の歯磨《はみが》き粉である乳香散《にゅうこうさん》を商《あきな》う小間物屋『かねやす』の辺りまで来ると、急に町家の数が増え始める。

薬種《やくしゅ》問屋や小売りの薬屋が多い本郷の町中を進み行き、一丁目まで来ると、そこから先は隣の湯島《ゆしま》六丁目。

本郷から湯島へ続く下りの坂道は、昨日も一昨日も辿《たど》った道だ。

今は天保《てんぽう》六年（一八三五）の閏《うるう》七月。陽暦ならば九月の下旬に当たる。

日一日と秋は深まりつつあった。

秋の陽《ひ》は釣瓶《つるべ》落としと言われるほど日没が早く、従って夜明けも遅い。

ほんの一月《ひとつき》前までは暁七つ早々に陽が昇っていたのに、このところ七つ半（午前五時）になっても、御来光《ごらいこう》はなかなか拝めない。

今朝のように空がどんより曇《くも》っていれば尚《なお》のことで、朝日が射《さ》してくるまで待たされる時も長かった。

斯《か》くも日の出が遅くなったとはいえ、悠長《ゆうちょう》に歩いていては夜が明けてしまう。

靄《もや》の漂《ただよ》う坂道を、純三郎は足早に下っていく。

純三郎は、凛々《りり》しい顔立ちをした若者だった。

黒い瞳《ひとみ》の輝きが、知性と育ちの良さを感じさせる。

面長《おもなが》で鼻が高く、目も鼻も小ぶりで、顎《あご》は形良く整っていた。

つるりとした顎や口の周りにぽつぽつ生《は》えた黒いものは、剃るのが面倒くさくて放《ほう》っておいた無精髭《ぶしょうひげ》とは違う。

いつも夜明け前に起床し、身支度のみを調えて出かけていくので、本来は朝一番の日課である洗顔と髭剃りが後回しになっているだけのことだった。

着替えるついでに頭の後ろで束ねた髪が、坂道を吹き抜ける風にそよぐ。

朝風の中、純三郎は無言で歩《ほ》を進める。

履いているのは足半《あしなか》。呼び名の通りに足裏の前半分しかない草履《ぞうり》は、戦国の乱世には合戦場《かっせんば》を駆け巡った足軽《あしがる》や徒歩武者《かちむしゃ》に愛用され、今は農村や漁村で日々の労働に重宝《ちょうほう》されている。

純三郎の足半は藁《わら》ではなく、竹の皮を編んだもの。

武骨な男の履き物なのに、鼻緒《はなお》に赤い端切れがちょこんと縒《よ》り込まれている様《さま》が微笑《ほほえ》ましい。

夜明け前の道を足半で踏み締め、坂を下った先は湯島の森。

鬱蒼《うっそう》とした森の中にそびえ建つのは、唐風《からふう》の造りも見事な杏壇《きょうだん》門。

門の奥に設けられた大成殿《たいせいでん》は孔子《こうし》が祀《まつ》られた霊廟《れいびょう》。湯島聖堂とも呼ばれる昌平《しょうへい》坂《ざか》学問所——世に云う昌平黌《こう》の象徴だった。

直参旗本《じきさんはたもと》と御家人《ごけにん》の子弟たちが通う学問所は、治世者《ちせいしゃ》の心得として将軍に儒学を教える侍講《じこう》の林家《はやしけ》が営んでいた私塾を母体とする、幕府直轄《ちょっかつ》の教育機関。

大成殿を中心とする一万坪余りの敷地内には講堂や学舎が建ち並んでおり、直参以外は入学こそできないものの、聴講だけならば格下の藩士《はんし》や郷士《ごうし》、浪人《ろうにん》ばかりか庶民にまで許されている。

とはいえ日の出前から足を運んでくる者などいないし、見つかれば不審者扱いをされるは必定《ひつじょう》。

如何《いか》に純三郎が身軽だからといって、堅く閉じられた門を勝手に越えて入り込むわけにもいかない。

いつもの如《ごと》く純三郎は杏壇門の前に直立し、深々と頭を下げる。

一年前に江戸に居着いた当初には、食うや食わずの苦しい日々の中で欠かさずに続けたものの、何かと慌ただしくなって忘れて久しい習慣だった。

最初の頃は開門に合わせて湯島まで赴《おもむ》き、大成殿の前に進み出た上で礼拝しなくては気が済まなかったものだが、近頃は誰もいない夜明け前に足を運んで、閉じられた門の向こうから祈りを捧《ささ》げるだけで良しとしていた。

門が開く時分まで粘っていれば、登校してきた旗本の馬鹿《ばか》息子どもに難癖を付けられる。嫌な目に遭わされるのは二度と御免《ごめん》だった。

ならば、邪魔が入らぬ夜明け前に参拝を済ませてしまったほうがいい。

形になど、こだわるには及ぶまい。

門の内と外の違いがあっても、真摯《しんし》に祈りを捧げるのに変わりはない。

要は純三郎が祈ることを通じて気を引き締め、前向きになれればいいのだ。

心境が変わったのには、理由があった。

今年の夏、純三郎は九死に一生を得た。

水戸《みと》浪士くずれの殺し屋に命を狙《ねら》われた相良英次郎《さがらえいじろう》を護《まも》るべく、辻風弥十郎《つじかぜやじゅうろう》ら裏稼業の先輩一同の援護を受けて戦い、辛《から》くも生き延びたのである。

大成殿に詣《もう》でる日課を復活させたのは、それからのこと。

命《いのち》懸《が》けの特訓を経て強敵を打ち破り、九死に一生を得たのを幸いとし、己《おのれ》の為《な》すべきことを生きているうちにやっておきたい。

そのためには昌平黌の象徴たる大成殿に毎日足を運び、本尊《ほんぞん》の孔子の像に祈りを捧げることで、やる気を高める必要があると実感したのだ。

このまま江戸に根を張って、出世するのが純三郎の無二《むに》の願い。

それも相良の藩士ではなく、幕臣《ばくしん》となって立身したいのである。

悲願を叶《かな》えるためには三年後、天保九年（一八三八）に昌平黌で実施される学問吟味《ぎんみ》に合格しなくてはならなかった。

学問吟味とは、幕府の人材登用試験のこと。

十五歳以下の少年が対象の素読《そどく》吟味は学力を競い合うだけだが、学問吟味で優秀と認められれば家の格に関係なく、出世の道が開ける。

当然ながら難関であり、いつも三百人前後が受験する筆記試験に及第できるのは全体の一割程度。実に狭き門だった。

上位に入らなければ役目には就《つ》かせてもらえず、褒美《ほうび》の品を与えられるのみ。

ぎりぎりで合格したところで、意味はないのだ。

満点に近い評価を得なくてはならない上に、出世を目指す純三郎の前には、更に難関が控えている。自分はここに入学するのだと念じて昌平黌に日参し、大成殿に日々祈りを捧げ、己を奮い立たせなくてはやっていけないほどの高い壁だった。

純三郎が置かれた立場は、後の世の浪人生よりも遥《はる》かにキツい。

試験で高得点を得るだけならば、何とでもなる。

全問正解は難しくても、努力次第で一定の域までは到達できる。

しかし、純三郎の課題は至難であった。

受験する資格を手に入れることが、難しいのだ。

と言うのも、学問吟味はあくまで直参のために催される試験だからである。

部屋住みで冷《ひ》や飯《めし》食いに甘んじる旗本の二男や三男、あるいは長男であっても家そのものの格が低く、優秀でありながら高い職に就けずにいる御家人《ごけにん》の救済を目的とする一方で、大名家に仕《つか》える藩士や郷士はもとより、浪人など最初から対象にもされていない。浪人同然の純三郎が受験したければ、しかるべき策を講じなくてはならなかった。

試験そのものが難しい上に受験資格まで限定されるとは重ね重ね厄介《やっかい》だが、狭き門を潜《くぐ》りたいと願う、純三郎の意志は揺るぎない。

今朝も真摯《しんし》に祈りを捧げながら、純三郎は胸の内でつぶやく。

（必ずや江戸に居着いて立身し、皆を見返してやろうぞ……）

決意も固い、この若者の実の姓は真野《まの》という。

元はと言えば、純三郎は江戸の生まれである。芝《しば》の愛宕下藪小路《あたごしたやぶこうじ》にある相良藩邸の御長屋で生を受け、江戸っ子たちが自慢する水道《すいどう》の水で産湯《うぶゆ》を使い、六歳上の兄の道之進《みちのしん》と共に、いずれは主君の相良氏のために忠義を尽くすつもりだった。

純三郎の亡き父である真野均一郎《きんいちろう》は、肥後国の南部一帯を治める外様《とざま》大名の相良氏に仕えた江戸詰の藩士。貧乏郷士の倅《せがれ》でありながら優秀なのを認められて藩士に登用され、肥後から江戸へと派遣され、まだ幼かった純三郎を含めた家族四人で藩邸に詰めていたものの、長男の道之進ともども闇《やみ》討ちにされてしまい、不名誉な最期《さいご》を遂げたために家名は断絶されて久しかった。

父と兄に続いて母まで失い、家族で唯一生き残ったものの、純三郎は真野の姓を表立っては名乗れない。歴《れっき》とした士分でありながら、本当の苗字《みょうじ》を口にすることさえ憚《はばか》られる、浪人よりも弱い立場であった。

つまり、純三郎は主君の相良氏から見放された身なのだ。

鎌倉《かまくら》の昔から肥後国に君臨してきた相良氏は、戦国乱世には島津《しまづ》氏を筆頭とする近隣の武将たちと渡り合い、生き延びて徳川《とくがわ》の世を迎えた後は外様の一大名として二万二千百石の肥後相良藩を治めてきた。

わずか二万石余りの小名《しょうみょう》でも、相良氏は歴史が古い。

そんな名族の家臣が何者かに闇討ちされ、刀も抜けぬまま死んだことが表沙汰《おもてざた》になっては大事《おおごと》だ。

藩士としての真野家の存在が抹消されてしまったのも、主君たる相良氏の名誉を考えれば、やむを得ぬことだったと言えよう。

しかし、割を食わされた純三郎は堪《たま》らない。

幼くして家族を失ったからとはいえ、藩邸に置いてもらえずに、江戸から肥後の国許《くにもと》に無理やり送られた恨《うら》みは深かった。

江戸に居着くのにこだわるのは、意地もあってのことなのだ。

（英次郎君《ぎみ》にも土肥の若檀那《わかだんな》さぁ〈様〉にも申し訳なきことなれど、今さら後には引けぬ……）

父と兄さえ生きていれば、斯様《かよう》な真似をしようとは考えもしなかっただろう。

真野の家は兄が継いだとしても藩邸には置いてもらえたはずであり、末端の下士《かし》であっても江戸にとどまっていられれば、それで良かった。幼い頃から剣術よりも好きだった学問に励み、地道に生きていければ十分だったのだ。

されど、現実は残酷だった。

強かったはずの父が不覚を取り、家の後継ぎたる兄を護りきれずに命を落としたのを責めるわけにはいくまいが、馴染《なじ》みのない田舎で望まぬ苦労を強《し》いられてきたことが、純三郎は納得できずにいる。

図《はか》らずも藩主の嫡男《ちゃくなん》と知り合って寵愛《ちょうあい》され、脱藩の罪を帳消しにしてもらったばかりか、亡き父と同じ江戸詰の藩士に取り立ててもらうことさえ今や不可能ではないというのに、やはり初志を貫徹せずにはいられなかった。

英次郎に甘えて道が開けたところで、それは運に恵まれただけの話。

自力で捲土重来《けんどちょうらい》を果たさなくては、意味などあるまい。

そのための第一歩である昌平黌に入るにはまず、直参と縁付くことが必要だ。

無謀な挑戦なのは、当の純三郎が委細《いさい》を承知の上。

難関だからこそ闘志を燃やし、挑戦半《なか》ばで萎《な》えてしまわぬように、身だしなみを正すだけではなく、気もしっかり張っていたかった。

それにしても、毎日変わらず忙しい。

日課の参拝と朝稽古《げいこ》を終えたら、八丁堀《はっちょうぼり》に直行しなくてはならない。

いつもの如く立花恵吾《たちばなけいご》の屋敷で朝餉《あさげ》を馳走《ちそう》になったら根津へ取って返し、正平《しょうへい》と共に一帯をくまなく見廻《みまわ》る。

そして合間に正平の目を盗んで時間を作るか、あるいは御用《ごよう》を済ませた上で、今ひとつの仕事にも労を惜《お》しまず励《はげ》んでいる。

純三郎が忙しいのは表と裏で、ふたつの仕事を持っていればこそ。

南町奉行所の同心《どうしん》に雇われ、密偵として市中の探索に努める一方で、根津権現前の辻番所《つじばんしょ》を根城《ねじろ》とする裏稼業人の仲間に加わり、江戸の治安を乱す悪党どもの始末を請け負って、人知れず退治しているのだ。

末端とはいえ町方《まちかた》の御用に就き、天下の御定法《ごじょうほう》を護る立場でありながら、殺しを生業《なりわい》にしているのである。

捕まれば重罪に処されると分かっていながら、裏稼業にも力を尽くしたい。

それもまた、純三郎の本音であった。

自分のやっていることが御法破りなのは、もとより分かっている。

本来ならば法の裁きにすべてを委《ゆだ》ねるべきであり、裏稼業人が必要とされる世の中はどこかおかしいとも純三郎は思う。

とはいえ、江戸には裁きを逃れて罷《まか》り通る悪党が多すぎる。

放っておけば弱者が更に泣きを見る以上、闇に葬《ほうむ》るより他にあるまい。

手段こそ違えど、愛着深い江戸の平和を護ることに変わりはないのだから——。

純三郎は斯様に思い定め、悪党退治に手を染めたのだ。密偵として得た情報を時には利用するのも厭《いと》わずに、数々の外道《げどう》を仕留めてきたのだ。

世間を憚《はばか》る裏稼業であっても、若い情熱を注《そそ》ぐに値《あたい》する仕事と思っている。

されど、脱藩してまで江戸に居着いた、本来の目的を見失ってはなるまい。

辺りは静まり返っていた。

杏壇門の向こうの大成殿に、純三郎は一心に祈りを捧げる。

かつて上野の忍岡《しのぶがおか》にあった孔子の霊廟を湯島に移転させ、大成殿と名付けたのは学問好きで知られた五代将軍の綱吉《つなよし》公。

後に老中首座《ろうじゅうしゅざ》の松平定信《まつだいらさだのぶ》が断行した寛政《かんせい》の改革で幕府の直轄《ちょっかつ》と定められ、旗本や御家人に限らず藩士や郷士、浪人に至るまで聴講が許されたばかりか、町人が対象の講義も実施されるようになって久しい。

つまり、単に修学するだけならば、浪人同然の純三郎も可能なのだ。

とはいえ、真の意味での自由化はされていなかった。

昌平黌に入学し、学問吟味を受験できるのは、相変わらず直参の子弟のみ。

優秀ならば出自を問わず、誰でも登用するほど幕府は寛容ではない。

有用な人材として認められるのは、将軍子飼いの臣《しん》だけなのだ。

新たな居場所を求めて己の可能性に賭《か》け、もちろん努力も惜しまぬつもりでいる藩士や郷士、浪人を抜擢《ばってき》しようとは、未《いま》だに考えてくれていないのだ。

斯くも旧態依然のままで、幕府が時代の変化に対応できるとは考えがたい。

愚《おろ》かなことだと純三郎は思う。

（このざまでは、徳川の天下も長くは続くまい……）

祈りを捧げながら雑念《ざつねん》を抱くのは、慎《つつし》むべきことである。

しかも将軍家の行く末を、学問の面で幕府を支える儒学の殿堂の前で嗤《わら》うとは不謹慎な限りであろう。

罰《ばち》当たりと分かっていても、純三郎はそう思わずにいられなかった。

旗本も御家人も優秀だから将軍直属の家臣でいられるわけではなく、戦国の昔に先祖が徳川に仕《つか》えていたから厚く遇《ぐう》されているにすぎないことを、純三郎は江戸に来て実感した。弥十郎に続いて辻番所の一党に加わった裏稼業の先輩で、根津から去るのと同時に学問吟味に余裕で及第し、今は江戸城に出仕《しゅっし》して日々精勤する本《ほん》多誠四郎《だせいしろう》のような知勇兼備《ちゆうけんび》の者は稀有《けう》であり、大半が無能であった。

頭が悪くても武芸の腕が優《すぐ》れていれば、まだ許せる。

しかし、子飼いの臣として将軍のお膝元《ひざもと》を護るべき責を担っていながら、旗本も御家人も鑓《やり》どころか刀さえ満足に扱えぬ、役立たずばかりなのだ。

この体《てい》たらくでは、関ケ原《せきがはら》の恨《うら》みが未だに深い長州《ちょうしゅう》の毛利《もうり》氏、あるいは将軍家と姻戚関係を結んで表向きは良好な関係を保っているものの、いざとなれば幕府との全面抗争を辞さないであろう、薩摩《さつま》の島津氏と事を構えられるはずもない。

もしも諸国の大名が薩長《さっちょう》と同調し、武装蜂起《ぶそうほうき》に及んでも、旗本八万騎がまともに立ち向かえるとは考えがたい。戦《いくさ》をするどころか、将軍のお膝元たる江戸の治安さえ満足に護れていない連中なのだ。

頼りにならぬ以上、自分で何とかするしかあるまい。不甲斐《ふがい》ない直参どもに成り代わり、愛する江戸の民《たみ》を護るのだ。

それは幕臣となり、立身したい願望とは別の感情だった。

江戸は純三郎にとって、格別な場所である。

無知で粗暴な祖父に虐待され、何の希望も持てない田舎暮らしに幼い頃の純三郎が耐えられたのは自分が江戸の生まれであり、大きくなったら自力で戻ってみせると願い続けていればこそだった。

土肥家に引き取られ、身内同様に扱ってもらえるようになってからも、少年の日の決意は変わらなかった。

申し訳なく思いながらも念願を叶えるべく、現金を必要としないために小遣《こづか》いを貰《もら》えぬ山里暮らしの中でコツコツと路銀《ろぎん》を貯《た》めておき、ついに隙《すき》を見計《みはか》らった上で脱藩を決行したのだ。

二十歳になるまで暮らした肥後の国許《くにもと》よりも幼い日々を過ごした江戸に、そして市中で生きる人々に、純三郎は愛着を抱《いだ》いて止《や》まない。

この江戸では、誰もが前向きに生きている。

日銭《ひぜに》を稼いで店賃《たなちん》を払う、その日暮らしに等しい裏長屋住まいの職人も、将軍様のお膝元で暮らす者として誇りを持っていた。

幕政改革のしわ寄せで物価が高騰《こうとう》し、庶民の贅沢《ぜいたく》を禁じようとする公儀《こうぎ》の方針に陰で不平をこぼしながらもやる気までは失わず、江戸に付き物の災害である火事に再三見舞われても生き生きと、家族を養うために頑張《がんば》っている。

そんな前向きな人々を護るためならば剣の腕を振るう甲斐もあるし、更に鍛《きた》えることも苦にならない。

純三郎は斯様に思い定め、学問を怠らぬ一方で裏稼業にも励《はげ》んできた。

危険を伴う仕事である。

真剣勝負が命懸《いのちが》けなのは当然。しかも正体が発覚すれば、すべてが終わる。

いずれ念願が叶って直参の身分となり、晴れて昌平黌に入学した上で学問吟味に及第できたとしても、裏稼業に手を染めていたのが万が一にも露見したら即、罪に問われるのは必定。武士として腹を切ることなど許されず、仲間の二人と共に斬首《ざんしゅ》に処され、職ばかりか命まで落とす羽目《はめ》になるのは目に見えていた。

自分が斯くも危ない真似をしていると分かっていながら、純三郎は悪党退治に力を尽くさずにはいられなかった。

愛して止まぬ江戸を汚されたくない。

自分と同様に希望を抱き、田舎から出てきて立身したいと願い、頑張る若者たちのためにも出来得《う》る限り邪悪を滅し、浄《きよ》めたい。

決意も固い純三郎は、日課の一部としての修練を欠かさずにいる。

今朝《けさ》も祈りを捧げた上で、暫《しば》し剣の稽古《けいこ》に取り組むつもりだった。

早朝の湯島の森に、登校してくる学生はまだいない。今のうちならば、思い切り稽古に集中できる。

東の空が青く、次いで赤く染まり始めた。御来光《ごらいこう》である。

神々《こうごう》しい朝日に向かって一礼すると、純三郎は杏壇門の前に座る。

声を低めて唱え始めたのは、古代インドの摩利支天経《まりしてんきょう》。

純三郎が学んだタイ捨流《しゃりゅう》に独特の、居合《いあい》の形稽古を始める前の神事である。しきたり通りに稽古を始めたのは、戦国の昔に創始されたタイ捨流が永らく影響を受けてきた、真言《しんごん》密教の教えに従ってのことだけではない。

学び修めた剣の技を保つためには国許で積んだ修行を忘れてしまわず、決まりの手順に沿い、繰り返し磨きをかける必要があると思えばこそだった。

町奉行所の密偵として働くだけならば、今より強くなるには及ばない。抱え主の同心の指示を受けて悪人の後を尾《つ》けたり、不法な取り引きや賭博《とばく》の現場に張り込むだけで、表に立つ役目には非《あら》ざる純三郎が荒事《あらごと》を演じるのは、根津権現の境内で荒稼ぎする掏摸《すり》やかっぱらいを捕らえるときぐらいのもの。

持ち前の膂力《りょりょく》の強さと鴉天狗の如き身軽さを以《もっ》てすれば、そこらの小悪党など敵ではないし、殊更《ことさら》に腕を磨く必要などなかった。

しかし、裏稼業は甘くない。

いつの世も腐った奴ほど用心深い上に、頭が切れて腕も立つ。

なればこそ悪《わる》の上を行く強さを発揮するため、常に鍛えなくてはならない。

それに仕留め損ねて顔を見られ、素性《すじょう》が割れてしまっては大事だ。

仲良しになった英次郎のおかげで脱藩の罪を許され、藩から追われることはなくなったものの、純三郎には相良藩士の遺児として、そして町奉行所の密偵としての立場がある。

もしも正体が露見すれば相良藩はむろんのこと、雇い主の同心と相棒の岡っ引きにも迷惑がかかってしまう。

それに同じ長屋の住人、とりわけ無垢《むく》な子どもたちは、大の仲良しの「てんぐのおにいちゃん」が実は裏稼業人だったと知れば、計り知れぬ衝撃を幼い心に受けることだろう。

下手《へた》をすれば正体を知っていながら庇《かば》っていたと疑いをかけられ、みんなが連座して罪に問われかねない。

江戸に出てきて最も苦しいとき、損得抜きで救いの手を差し伸べてくれた人々に恩を仇《あだ》で返すわけにはいかなかった。

そのためには持ち前の剣技に磨きをかける努力を怠らず、万が一にも敵に後れを取ることなく、常に確実に事を為すことを心がけねばなるまい。

危険を伴う仕事に、純三郎は使命感を持って取り組んでいた。

悪党どもが跳梁《ちょうりょう》し、無辜《むこ》の民が苦難を強いられるのを見捨ててはおけない。

大江戸八百八町には、いつも平和であってほしい。

そんな江戸でなくては、自分が居着く甲斐もないではないか。

斯様に願っていればこそ、純三郎は悪を倒さずにいられないのだ。

たとえ御法破りであろうとも、裏稼業には一命を懸ける値打ちがある。

今朝も心して、技を錬《ね》り上げよう。

いつもの如く気合いが入るにつれて、五体に力がみなぎっていく。

「……天清浄《てんしょうじょう》、地《ち》清浄、人《じん》清浄、六根《ろっこん》清浄！」

力強く経を唱え終わるや、純三郎は鞘《さや》を引いて抜刀した。

朝日が射《さ》す湯島の森に、澄んだ刃音《はおと》が響き渡る。

続けざまに刀を打ち振るったのは技の所作であると同時に、邪《じゃ》を払うため。

亡き父から兄ともども基本の手ほどきを受けた後、国許の人吉城下の道場で学び修めた純三郎の剣の流儀はタイ捨流。昨年の秋に脱藩するまで修行を重ねて身に付けた、相良藩に伝来の古流剣術である。

タイ捨流の開祖は丸目蔵人佐長恵《まるめくらんどのすけながよし》。戦国乱世の肥後国で相良氏に仕え、かの新《しん》陰流《かげりゅう》を興《おこ》した上泉伊勢守信綱《かみいずみいせのかみのぶつな》に入門し、同門の柳生但馬守宗厳《やぎゅうたじまのかみむねよし》と並び立つ実力を発揮して「東の柳生、西の丸目」と謳《うた》われた、知る人ぞ知る兵法者《へいほうしゃ》。

この長恵が創始したタイ捨流は九州一円に広まり、示現流《じげんりゅう》が興る以前は薩摩国でも学ぶ者が多かった。長恵とその一門の強さを知る島津氏は、隣接する相良氏の領土を完全に制圧するに至らぬまま、乱世の終焉《しゅうえん》を迎えている。

乱世の合戦場で相良武士が敵の首級《しるし》を挙げるのに、あるいは国境《くにざかい》を侵犯する敵を密《ひそ》かに討ち取るために行使したタイ捨流には、源を同じくする柳生新陰流と共通する部分も多い。関ヶ原から二百三十年余りの時が過ぎ去り、防具を着けて竹刀《しない》で打ち合う撃剣《げきけん》が流行《はや》る当節の道場剣術とは別物の、荒々しい剣技である。

純三郎が裏稼業で悪党退治に振るっているのは、そんな乱世の剣なのだ。

稽古においても、鋭く重たい刀勢は変わらない。

体重を乗せて振るう刀が勢いも十分なのは常に重心を崩すことなく、体の一部として打ち振るっていればこそであり、タイ捨流の特徴とされる『頗《すこぶ》る荒く、身体を飛び違え薙《な》ぎ立てる』ことが、純三郎は自然に出来ている。

学問ほど好きなわけではなく、周囲の期待の下《もと》で半《なか》ば嫌々学んできたにすぎない乱世の実戦剣を、今や純三郎は前向きに鍛錬していた。

すべては愛着深い、大江戸八百八町の民を護るため。

そして、己自身の値打ちを確かめるため。

何事も励み甲斐のあることだった。

田舎で腐っているより、余程いい。

今朝も心気は充実し、胸の内は晴れ渡っていた。

二

四半刻《しはんとき》（約三十分）と経《た》たぬうちに、辺りは明るくなってきた。

間もなく、学問所付きの小者《こもの》が掃除をしに出てくる時分である。

見咎《みとが》められる前に引き上げるため、純三郎は限られた時の中で、集中して稽古に取り組んでいた。

最初の『鳶飛《えんぴ》』に続いて『虎乱《こらん》』『十手《じって》』『刃瞬《にんしやく》』と、タイ捨流の居合の技を一本ずつ、渾身《こんしん》の力を込めて抜いていく。

短い時間でも、実戦のつもりで集中すれば十分な稽古になる。仕損《しそん》じることを許されない裏稼業人にとっては尚更だった。

純三郎がこのところ居合の稽古に力を入れているのは、殺しの的を仕留める上で一瞬の勝負を制する腕に、磨きをかけるのが最たる狙い。

本来ならば鞘の内《うち》に刀を納めたまま相手を制し、退散させるのが居合の理想。

挑まれたときにのみ後の先《ごせん》で抜刀して敵を倒すのであり、有効であっても、自ら進んで用いていい技ではない。

つまり、純三郎の行いは武士の本分とは違う。

悪党退治のため、自ら兵法者の本道から外れたのだ。

自覚があってのこととはいえ、国許の宗家と同門の人々が江戸での純三郎の所業を目《ま》の当たりにすれば、怒る前に嘆き悲しむに違いなかった。

武士が刀を抜くのは仇討《あだう》ちと介錯《かいしやく》、そして主君の命を受けて行う上意討《じょういう》ちのみと決まっており、私《わたくし》の闘争は御法度《ごはっと》だからである。

江戸の民を護るために戦いたいという理想にしても、私事にすぎない。誰からも命じられていないことを、勝手な使命感の下でやっているだけなのだ。

決して褒《ほ》められた真似ではないのを承知の上で、純三郎は今朝も黙々と形稽古を繰り返す。すべては覚悟の上であり、誰にも邪魔をさせるつもりはなかった。

だが、どんなに決意が固くても、理解が得られなくては意味がない。

今、純三郎には危機が迫りつつあった。

災厄をもたらさんとするのは、一人の男。

ひたすら稽古に励む純三郎の姿を、木陰《こかげ》から見つめている。

顔は深編笠《ふかあみがさ》に隠れていて、窺《うかが》い知れない。

着ているのは、黄金色《こがねいろ》の生地《きじ》に格子《こうし》の柄《がら》が映《は》える黄八丈《きはちじょう》。

袴を穿《は》かず、でっぷりした腰に大小の二刀を落とし差しにしている。

黒鞘のありふれた定寸刀《じょうすんとう》だが、柄《つか》の菱巻《ひしまき》は木綿でありながら、革と見紛《みまご》うほど光沢を帯びていた。得物《えもの》として幾十年も手慣らし、抜き差しすることを繰り返していなければ、こうはなるまい。

男は安定した立ち姿を示していた。

腹が突き出ているので、腰の据わりもいい。

無駄に肥え太ったわけではなく、腕も脚も、筋肉の盛り上がりが頼もしい。身の丈こそ並であるが、全身が鍛え抜かれている。

笠の縁《ふち》を持った手も、雪駄《せった》履きの足もかさついており、すでに若くはないと見て取れる。それでいて老いをまったく感じさせない、筋骨隆々の壮漢《そうかん》であった。

「へっ……殺し屋野郎が、一丁前に武芸者の真似事なんぞしていやがるぜぇ」

小馬鹿にした調子でつぶやきつつ、男は前に踏み出す。

純三郎の素性《すじょう》を承知しているらしい。

おもむろに木陰から姿を見せるや、男は馴れ馴れしく純三郎に呼びかけた。

「よっ、お早《はよ》うさん」
顔は深編笠に隠れていたが、にやついているのは声の調子から察しが付く。
「剣術《ヤットウ》の稽古かい？　朝っぱらからご苦労なこったなぁ」
「……………」
純三郎は無言のまま、顔を背《そむ》ける。
見知らぬ相手だった。
無礼な闖入者《ちんにゅうしゃ》に構うことなく、納めた刀に再び手を掛ける。
馴れ馴れしい態度に腹を立て、暴力を振るおうというわけではない。
邪魔された稽古を再開し、次の技を抜くつもりだった。
いつの間にか曇り空は晴れ、朝日が燦々《さんさん》と降り注いでいる。
純三郎は石畳に正座していた。
杏壇門に尻を向けることなく、座る位置を考慮した上のことである。
心気《しんき》を調え、おもむろに鯉口《こいぐち》を切る。
刹那《せつな》、きらめく刀身《とうしん》が縦に抜き放たれた。
ほぼ垂直に抜いた刀身をひらめかせ、純三郎は正面に切っ先を繰り出す。
前に座っていると想定した敵に対し、突きを見舞ったのだ。

流派を問わず、居合では自分と同じ体格の敵の存在を仮想して技を行う。

こちらに殺気を浴びせてきて、退《ひ》こうとしないのにやむなく応じ、後の先で返り討ちにしてのける想定の下で抜刀するのだ。

とはいえ形だけ手順通りに動き、抜いた刀をがむしゃらに振り回すばかりでは何の意味も有りはしない。

一人で行う演武といえども、抜刀した以上は確実に敵を斬《き》り、突き倒して反撃を許さぬ技倆《ぎりょう》と気迫を見せることが、常に求められるからである。

それは真剣勝負においては言わずもがなの、自明の理《り》だった。

純三郎は柄を両手で握っていた。

後ろに向き直りつつ、前を突いた刀を受け流しに振りかぶる。

両の脇をきっちりと締めている。

左拳《ひだりこぶし》を正中線《せいちゅうせん》――体の中心を縦に通る線の上で動かし、刀を体の幅《はば》からはみ出させることなく用いるのは、隙を作らぬためである。刀を大きく振り回すほど腕の動きが大きくなり、敵から見れば攻め込みやすくなるからだ。

そのまま脇を拡《ひろ》げることなく、純三郎は刀を振りかぶる。

柄を握った両の拳が顔の前を通るようにして、頭と肩を庇《かば》った体勢を取りながら刀身を頭上に持って行ったのだ。

一連の動作から成る「受け流しの振りかぶり」は、斬り合いの最中に横から不意を突かれても敵の攻めを阻《はば》むことが出来る、攻防一致の技術とされている。

そんな基本を踏まえた上で、大胆に動くのがタイ捨流の技の特色。

正面に続いて背後の敵を、膝を地に付けることなく突き倒した態《てい》となった純三郎は間を置くことなく、ぶわっと跳躍した。

低く重たい刃音を上げ、肉厚の刀身が続けざまに虚空《こくう》を走る。

前後左右から迫り来た敵を連続して斬り、突いたのだ。

その名も『超飛《ちょうひ》』と呼ばれるタイ捨流の大技ならではの、迅速《じんそく》にして力強い、純三郎の体さばきと刀さばきだった。

男はしばし口を閉ざし、感心した様子で見入っていた。

だが、いつまでも黙ってはいない。

「なかなか刀勢があるなぁ。腰もしっかり入《へえ》ってらぁな」

茶々を入れながらも本気で感心してくれてはいるらしいが、真面目《まじめ》に答えなくて正解だった。

続く男の言葉は、聞くに堪えないものだったのだ。

「道場通いをする銭がなくても稽古を欠かさねーたぁ、つくづく感心なこった……尾羽打ち枯《おはうちか》らした素浪人にしちゃ、見上げたもんじゃねぇか。お前さん、自分でもそう思ってんだろう？　へっへっへっへっ」

不快な笑い声を上げて、男はうそぶく。

面倒な輩に絡《から》まれてしまったものである。

二本差しということは、腐っても武士に違いなかった。

それでいて、士分ならば私用でも外出時は着用すべき袴を穿いていない。

しかも二刀の鞘を地面と平行に近い角度に保つことをせず、胸元をだらしなく拡げているとは感心できぬが、この男は歴とした侍なのだ。

嗄《しゃが》れた声から察するに、それほど若くはなさそうである。

背筋を伸ばした立ち姿は堂々としており、はだけた胸板も分厚いが、肌には皺とたるみが目立つ。同じ世代の者と比べれば若さを保ってはいるが、すでに還暦《かんれき》間近と見なしていい。

老齢だとすれば、ますます感心できない。

齢《よわい》を経た身ならば、刀の帯び方はもとより着装も、若い武士たちの手本たり得るように心がけるべきであろう。

それが無頼漢《ぶらいかん》まがいの乱暴な口を叩いて憚らず、一面識もない、たまたま顔を合わせた若者に喧嘩《けんか》を売ってくるとは何事か。人を舐《な》めているとしか思えない。

田舎大名に仕える藩士ではなく、江戸育ちの御家人と見受けられたが、理不尽《りふじん》に因縁を付けられた純三郎にしてみれば、迷惑な限りであった。

（いい歳をしていながら、困った御仁《ごじん》だな……）

こちらが抱いた不快の念など意に介することなく、技を終えて納刀した純三郎に男はずかずかと歩み寄る。

夜遊びをした後の朝帰りかと思いきや、酒臭くはなかった。

酔いが残ってもいないのに、見ず知らずの純三郎になぜ喧嘩を売ろうとするのか。

何を考えているのか、まるで読めない。

「……」

「おいおい。年上に向かって、そんなに目を剝《む》く奴があるかい……」

無言で見返す純三郎に、男は苦笑しながら告げる。

「俺ぁ、別に怪しい者《もん》じゃねーよ。ただの通りすがりのじじいさね」

人を食った態度でうそぶく声は近くで聞けば尚のこと嗄れており、たしかに老人そのものである。

男は胸元を拡げるだけでは飽き足らず、袖《そで》までまくっていた。

太くたくましい腕だが、まる見えの胸板と同様に皺とたるみが目立つ。

それでいて腰は曲がっておらず、足の運びも安定したものだった。

悠然と迫る男は隠形《おんぎょう》の法——気配を消す術まで心得ているらしい。

そうでなければ、馴れ馴れしく声をかけられるまで気付かぬはずがない。

鬱蒼と木々が生い茂る森の中で稽古に集中していたとはいえ、近付く者がいれば即座に察知できるだけの勘を、純三郎は備えている。

だが、この男の気配は感じ取れなかった。

相手がその気ならば不意を突かれ、あっけなく命を落としていただろう。

ひとまず己の未熟を恥じた上で、気を引き締めて対処するべし。

気後れすることなく、純三郎は口を開く。

「こちらも不作法は詫《わ》びる故《ゆえ》、相済まぬが被《かぶ》り物を取っていただこう」

「成る程、そいつぁ道理だ。こんなもんをいつまでも被ったままじゃ、俺のほうが無礼ってぇもんだろうぜ……」

苦笑しながら、男は編笠の顎紐《あごひも》を解《と》いた。

笠の下から現れたのは、見事な銀髪。黒いものが一本も混じっていない。

「！」

その男の顔を目の当たりにしたとたん、純三郎は絶句する。

見覚えのある顔だった。目も鼻も大ぶりで、双眸《そうぼう》が鋭い。

造作《ぞうさく》が整っていても酷薄《こくはく》な印象を与える、いかにもな悪党面《づら》だった。

この男、まさか——。

「へっ、いい面《つら》になったじゃねーか。鳩《はと》……いや、鴉天狗が豆鉄砲を喰らったって
わけかい」

驚きと不安を隠せぬ純三郎の反応を楽しみつつ、男はにやりと笑う。

「お前さん、立花さんとこの若え衆《わけし》だろう」

「……左様《さよう》にござる」

「どうして、朝っぱらからこんなとこで剣術の稽古なんぞしてたんだい？」

「……貴公には関《かか》わりのなきことだ」

「ところがなぁ、そうも行かねーんだ。お前さんにゃ、いろいろと聞かせてもらい
てぇことがあるんでなぁ……」

微笑み返すや、男はおもむろに懐《ふところ》へ手を入れる。

純三郎は目を剝いた。

抜き放たれたのは緋房《ひぶさ》の十手《じって》。

この男、やはり町奉行所の同心だったのだ。

一尺余りの棒身が、きらりと光る。

同心は十手を後ろ腰に差し、いつでも抜けるようにするのが常。袱紗《ふくさ》でくるんで懐中に隠し持つのは、自ら悪党と戦うことなど滅多に無い与力《よりき》の習慣。わざわざ懐に忍ばせておいたのは、黒羽織を脱いでいては裾《すそ》で隠せぬからなのだろう。

笠を被って現れたのも、陽射しを除《よ》けるためではあるまい。白髪になっても変わらず粋《いき》な、八丁堀風と呼ばれる小銀杏髷《こいちょうまげ》を隠し、今の今まで同心と気付かせぬために違いなかった。

「大人《おとな》しくしててくんな、若いの」

男は純三郎の近間《ちかま》に仁王《におう》立《だ》ちとなり、ずいと十手を突き付ける。迂闊《うかつ》に動こうとすれば、即座に突きを見舞うつもりなのだ。

構えた姿を一目見れば、腕の程は自《おの》ずと分かる。

捕物《とりもの》上手の評判に違《たが》わぬ、隙のない立ち姿であった。

「俺ぁ、北町の斎藤《さいとう》ってんだ。立花さんから一遍ぐれぇ、名前《なめえ》を聞いたことがあるんじゃねーのかい？」

「……北の蝮殿《まむしどの》、にござるな」

「それそれ、それよ」

自慢げにうそぶく同心の名前は斎藤清助《せいすけ》、六十歳。

その名前と評判を教えてくれたのは、抱え主の立花恵吾。

恵吾と同い年の清助は、北町奉行所に勤める臨時廻《りんじまわり》同心である。

南北の町奉行所に六名ずつ配属された臨時廻は、事件の捜査に専従する廻方《まわりかた》の定廻《じょうまわり》同心として若い頃から経験を重ね、実績を積んだ上で就く役目。

清助は二十歳の春に見習い同心として出仕《しゅっし》し始め、今年で勤続四十年。

これまで立てた手柄は数知れず、捕物の最前線から退《しりぞ》いた後も後輩の定廻たちを補佐する一方で、見習い同心の指導役も兼ねている。

そんな老練の腕利きが、一介の密偵に何の用があるというのか。

まさか、裏稼業に気付かれたのか。

だとすれば、ぼろを出してはなるまい。動揺し、自分から余計なことを口走って締め上げられるほど、愚かな結末はないからだ。

募《つの》る動揺を抑え込むと、純三郎は丁重に語りかけた。

「失礼を仕《つかまつ》った……。朝のお散歩にござるか、斎藤殿」

「まぁ、そんなところさね。ごみでも拾いがてら、な」

「それはまた、殊勝なことにござるな」

「お前さんこそ感心なこったぜ。まだ若ぇのに、こんな時分《わけ》から野天で剣術の稽古たぁ、見上げたもんだ」

慎重な問いかけに、清助は明るく答える。

鬼同心らしからぬ笑顔だが、釣られてはなるまい。

「稽古の邪魔をしちまって、すまなかったな。ちょいと離れたとこで、高みの見物と洒落《しゃれ》込ませてもらおうかい」

純三郎に微笑み返し、清助は下がっていく。

十手を後ろ腰に戻しても、不用心に背中を見せはしない。

視線を離すことなく後退する一挙一動には、相変わらず隙がなかった。

腰がどっしり据わっていればこそ、体勢も安定しているのだ。

それにしても、一体どういうつもりなのか。

本当にたまたま来合わせ、早朝から剣術の稽古に励む様を珍しがって見物しようとしているだけならば、何も気にするには及ぶまい。

だが、この男の言うことは信用できない。

今日も通りすがりを装って、わざわざ足を運んで来たに違いなかった。

やはり、純三郎を捕らえるつもりなのか。

避けたい事態だが、こうして目の前に来られてしまっては逃げるのは難しい。

斎藤清助の執念深さは折紙付き。

体型を見れば蝮よりもスッポンに似ているが、狙った相手を罪に問うために手段を選ばず、大物を相手取るときに毒をもって毒を制する辺りは、やはり蛇《へび》に譬《たと》えたほうがぴったり来る。

町奉行所では手に負えない旗本や御家人の犯罪も、清助は見逃さない。

直参の行状を監察する目付《めつけ》にしつこく働きかけ、このまま放っておけば将軍家の汚点になると認識させて、罪を裁かれるように段取るのだ。

もちろん権力で揉《も》み消されることもしばしばだったが、清助の執念深さは市中の悪党ばかりか、彼ら無頼の徒《と》と交わる旗本や御家人、さらには江戸勤番の藩士たちの間にまで知れ渡っていた。

単身赴任の暇《ひま》を持て余した藩士が賭場《とば》や悪所《あくしょ》に出入りし、遊ぶ金欲しさから悪事に手を染めるのも珍しくなかったが、同心はもとより南北の町奉行も見て見ぬ振りをするのがいつものことだ。

藩士たちの行動は仕える大名の責任下に置かれているため、万が一にも誤認逮捕をしてしまえば怒りを買い、町奉行どころか老中が文句を付けられる。たとえ有罪が明白でも迂闊《うかつ》に罪を暴けば大名家に恥を掻《か》かせることになるとあっては、みだりに御用にするわけにもいかず、裁きは藩邸に一任するのが習いだからだ。

ところが清助は若い頃から恐れることなく藩邸に乗り込み、責任者の江戸家老や留守居役《るすいやく》に処分を促《うなが》すのが常だった。

動かぬ証拠を揃《そろ》えた上のこととはいえ大胆極まりないが、表沙汰にされては困るため、どの大名家でも罪を犯した藩士を速《すみ》やかに裁かざるを得ない。

結果として一件落着するので歴代の北町奉行も清助を処分できず、注意を与えながらも、結局は好きにやらせているという。

悪を滅するためならば手段を選ばず、執念深く食い下がる。

こんな厄介な男が町方同心にいると思えば、小悪党はもちろんのこと武士も無茶な真似を控えざるを得ず、犯罪を抑止する結果につながっていた。

御法の番人としては間違いなく優秀であり、見上げた男と言っていい。

だが、純三郎は好んで関《かか》わりたくはなかった。

抱え主の立花恵吾と清助は、もとより対立する間柄。

南町奉行所の密偵御用を務める立場上、仲良くするわけにいかないし、最初からその気もなかったが、何とも困ったことになったものである。

早朝の湯島の森は、相も変わらず静まり返っていた。街道筋の宿場ならば早立ちの旅人が相次いで旅籠《はたご》を後にするため、暗いうちから人通りも多いはずだが、朝っぱらから幕府の学問所に足を運ぶ物好きなど滅多にいない。

掃除の小者も、どうしたことか今朝は遅れているらしい。

早く、誰か時の氏神《うじがみ》になってはくれないものか――。

平静を装いつつも、純三郎は緊張を募らせずにいられなかった。

「どうした、続きをやらねーのかい」

こちらの動揺を見抜いたかの如く、清助が問うてくる口調は尊大そのもの。

「……………」

挑発の響きを帯びた言葉に応じることなく、純三郎は稽古を再開した。

居合を抜くのを止めて素振りに切り替えたのは、同門の修行者以外に技を見せてはならない、古流剣術の決まりに則してのこと。

一度目にしたぐらいで真似が出来るはずもあるまいが、高みの見物を決め込むと宣言した相手の前で、黙々と稽古するのも腹が立つ。

清助が現れたばかりのとき、敢《あ》えて『超飛』を抜いたのはタイ捨流の技の凄《すご》みで恐れ入らせ、退散させるつもりだったが、この男は肝が据わっている。

無駄に歳を食ってはおらず、老獪《ろうかい》にして豪胆《ごうたん》な質《たち》なのだ。

となれば、ここは時を稼ぐのに徹するべし。

昌平黌の関係者に見咎められるのを純三郎は待っていた。

いつもは避けたい事態だったが、今は待ち遠しい。

学生として昌平黌に通ってくる、旗本や御家人の子弟たちが姿を見せるにはまだ早かったが、付設の宿舎に住み込んでいる教官や勤番頭《きんばんがしら》、勤番、下番といった職員は夜明けと同時に、いつ顔を見せてもおかしくない。

上《うえ》つ方《かた》の権威をものともしない横紙破りの清助も、幕府の学問所の象徴たる大成殿の門前で、好きこのんで騒ぎは起こすまい。

誰でもいいから、早く邪魔をしてほしい。

そんなことを願いながら、純三郎は右甲段《みぎこうだん》の構えを取る。

八双《はっそう》よりも高々と、刀身を担ぐ形ではなく切っ先を右前方に向けた、タイ捨流に独特の構えである。

重ねの厚い刀身を繰り返し、純三郎は振り下ろす。

最初に行ったのは、左右斜めの衣紋振《えもんふ》り。いわゆる袈裟《けさ》斬りよりもやや急な角度で、仮想敵の着物の襟に沿って刀身を斬り込む刃筋から付いた呼称である。

しばし繰り返したのに続いて純三郎は水平に、続いては水平から下段に向かって刀を振るう。

いずれも刃筋は安定していて、ぶれがない。

昌平黌の関係者が来てくれるのを待ち侘《わ》びながらも集中し、正しく、力強く刀を打ち振ることが出来ていた。

その様を見やりながら、清助はおもむろに口を開いた。

「ところでお前さん、北町の日向小文吾《ひゅうがこぶんご》って同心を知ってるかい」

「…………」

取り合うことなく、純三郎は黙々と刀を振るい続ける。

思わぬ名前を持ち出され、実のところは気が気でなかった。

日向小文吾は、去る五月に純三郎が仕留めた殺しの的。

辻番所の裏稼業を暴こうと罠《わな》を仕掛けたものの、あえなく返り討ちにされた北町奉行所の隠密廻《おんみつまわり》同心だ。

仕留めた相手の名前を出されただけで慌てては、裏の稼業人など務まるまい。

ここは黙《だんま》りを決め込むべきだ。

純三郎は無言のまま、素振りを続ける。

一見したところ、変わることなく動いていた。

しかし、刀さばきには先程までの切れがない。

「へっ……」

皮肉な笑みを浮かべつつ、清助は続けて問いかける。

「死人に口なしって言うけどよぉ、傷さえ見りゃ得物を判じるぐれぇは雑作《ぞうさ》もねぇことなのだぜ。こいつぁ亡骸《おろく》が土の中に埋められる前に調べたこったがな、日向の奴は重ねの厚い刀《だんびら》と、棒手裏剣《ぼうしゅりけん》を喰らってお陀仏《だぶつ》になっていたんだ」

「……」

「ほんとに心当たりはねーのかい、若いの？」

重ねて問いかけられた刹那、純三郎の刀身がぴたりと止まる。

臍《へそ》の高さまで水平に斬り下ろすべきなのに、面の高さで静止していた。

対する清助は、余裕の笑みを絶やさずにいる。

視線を向けた先は純三郎が手にした刀と、帯前の脇差だった。

脇差の櫃《ひつ》に仕込まれた馬針《ばしん》は、小柄《こづか》と違って棒手裏剣の代用たり得る武器。見抜かれた通り、日向小文吾を討つのに用いた得物であった。

やはり、清助は偶然に現れたのではなかった。

あらかじめ純三郎の行動を調べ上げ、夜明け前から湯島の森に足を運んでくると承知の上で張り込んでいたのだ。しかも同じ北町の隠密廻だった小文吾を斬ったと目星を付け、探りを入れるべく近寄ってきたのだ。

そういえば、思い当たる節《ふし》がある。

このところ、純三郎は表を出歩くたびに後を尾《つ》けられていた。

朝の稽古を邪魔されたのは初めてだが、見廻りの持ち場である湯島の界隈《かいわい》を正平と共に歩いているとき、しばしば視線を感じたものだった。

因縁の相良忍群《にんぐん》ほど巧みに殺気を抑えきれていないため、過去に捕らえた掏摸やかっぱらいの仲間が意趣返しを狙っているのだろうと純三郎は見なし、いざ襲ってきたら蹴散《けち》らしてやるまでのことと判じて、何ら構わずにいた。

だが、甘く見たのはまずかった。

尾行者は蝮と異名を取る、男。町中ではわざと気取《けど》らせ、油断させたに違いない。

もっと身辺に気を配り、一人きりになるのを避けるべきだったのだ——。

悔いる純三郎の胸の内など意に介さず、清助はしつこく問うてくる。

「それにしてもお前さん、本身《ほんみ》の扱いにずいぶん慣れてるじゃねーか」

「……何ほどのこともござらぬ」

「謙遜しなさんな。刀の柄さえ拝ませてもらえりゃ、腕の程は一目で見極めが付くってもんよ。へっへっへっへっ」

うそぶく清助の視線は相変わらず、純三郎の刀と脇差を捉《とら》えて離さずにいる。

純三郎の愛刀は、大小いずれも同田貫《どうたぬき》。

かつて熊本《くまもと》城主として肥後国を治めた加藤清正《かとうきよまさ》が重く用いた、地元の名工一門の手になる、知る人ぞ知る逸品である。

合戦場で無類の切れ味を発揮した剛剣を量産し、加藤軍団の武名を高めた一門も名君の清正が没し、嫡男の忠広《ただひろ》が幕府に睨《にら》まれて肥後を追われた後は鍛刀《たんとう》するのを止めてしまい、当時に作られた同田貫は江戸に限らず、地元の刀剣商の間でも稀《き》少《しょう》な存在とされている。

ちなみに純三郎の刀は同じ肥後の南部一帯を治める相良藩の大物郷士で、昨年の冬に出奔《しゅっぽん》して江戸に来るまで世話になっていた土肥家の当主の信安《のぶやす》から、脇差は亡き父の均一郎から授かったもの。

いずれも戦国乱世に作られた、正真の同田貫である。

他の者がこの場にいれば、銘までは分からずとも、独特の重厚な刀身に真っ先に目を惹《ひ》かれるはず。

しかし、清助が注目したのは違う。

微笑み混じりに投げかける視線は、大小の柄に向けられていた。

刀も脇差も、菱巻は鍔《つば》に一番近い部分だけが凹《へこ》んでいる。

その部分だけを注視したのだ。

手の内と呼ばれる刀の操法さえ完成されていれば、両手の指は常に正しい位置に来る。鍔元近くの菱巻が目立って凹むのは、斬るときに最も力の入る、右の親指を掛ける箇所だからである。

しかも、柄巻の糸は革さながらに光沢を帯びていた。

清助の刀がそうであるように、齢を経た武士の差料《さしりよう》ならば自然なことである。めったに抜く機会がなくても毎日帯びて歩くとき、そして錆《さ》びさせぬための手入れをするときに柄に触れることを何十年も日々繰り返していれば、手のひらの汗と脂《あぶら》が自《おの》ずと染みるからだ。

だが、若い純三郎の差料が斯様につややかなのは不自然なこと。

頻繁に抜き差しし、打ち振るっていなくては、こうはなるまい。

そんな柄の状態を見て取った上で、清助は続けて純三郎に問いかける。

「お前さん、まさか山田様《やまだ》んとこに出入りしてるのかい？」

「ば、馬鹿を申すな」

純三郎は言葉に詰まった。

清助が口にした「山田様」とは、御様御用《おためしごよう》首斬り役の山田一門のこと。

代々の当主は浅《あさ》（朝）右衛門《えもん》と名乗り、浪人でありながら罪人を処刑する首斬り役を承《うけたまわ》るばかりか、将軍の佩刀《はいとう》の切れ味を試す御様御用まで拝命している。

歴代の浅右衛門は首を打った罪人の亡骸《むくろ》を独占する権利を与えられ、御様御用と同じやり方で所蔵する名刀の切れ味を試したい、大名や大身《たいしん》旗本からの依頼を請け負っていた。当然ながら当主の浅右衛門だけでは手が足りず、門弟で腕の確かな者が補佐役を務めている。

その山田一門に入門し、試し切りをさせてもらううちに、二刀の柄は人体を斬り慣れた者に特有の状態となったのではないか。清助は、そう言っているのだ。

むろん、有り得ぬことと承知の上のはずである。

これは純三郎が苦し紛《まぎ》れに嘘《うそ》を吐《つ》くのを待って矛盾《むじゅん》を指摘し、追い詰めるための罠《わな》に違いなかった。

江戸で若くして山田流の様《ため》し剣術を学ぶのは、後継ぎの養子候補ばかり。内訳は旗本や御家人、あるいは大名家に仕える藩士の子弟とさまざまだが、父親が浅右衛門に師事していたのが縁となり、親子揃って入門する例が多い。

山田家と縁もゆかりもない、浪人同然の純三郎が門下に入り込むなど難しいことであるし、嘘を吐いたところですぐに分かってしまう。

浅右衛門は南北の町奉行所から首斬り役を委託されており、与力や同心と密接なつながりを持っているからだ。

まして老練の同心である清助ならば、歴代の浅右衛門とも親しいはず。

純三郎が偽《いつわ》りを申し立てても、無駄なのだ。

二の句が継げない様《さま》を楽しむように眺めながら、清助は続けて問いかける。

「人を山ほど斬ってなけりゃ、そこまで柄が擦《す》れるはずもねぇだろう？　山田様のご門人でもないのに、どうしてそんなになっちまったんだい」

「ま……毎朝打ち振るうておるうちに、自ずとこうなっただけのことだ。そ、それが何としたと申すのかっ」

言葉に詰まりながらも、純三郎は言葉を絞り出す。

だが、懸命に答えても無駄だった。

「いーや、そんなこたぁあるめぇよ」

純三郎の言い訳を一笑に付して、清助はうそぶく。

「平山様《ひらやま》みてぇに齢《よわい》を経なすった先生方の差料なら、人なんぞ斬っていなくたって自ずとそうなるこったろうが、二十歳そこそこのお前さんが兵原草蘆《へいげんそうろ》の門人衆並みに毎日《めえにち》稽古に励んだところで、こんなに菱巻が凹むはずもあるめぇ。骨までぶった斬ることを繰り返してりゃ話は別だろうが、なぁ」

「む……」

清助が例に挙げた「平山様」とは、代々の伊賀《いが》組同心でありながら自ら進んで職を辞し、武芸者としての生涯を全うした平山行蔵子竜《こうぞうしりよう》（龍）のこと。

去る文政《ぶんせい》十一年（一八二八）に数え年七十八で大往生を遂げた行蔵は、武士にとって必須の刀鑓《とうそう》の術に加えて柔術と居合術、さらには砲術まで極めた上で武芸十八般の研鑽《けんさん》に励んだ兵法者。

自宅の屋敷に構えた道場を兵原草蘆と名付け、多くの門人を育成する一方、行蔵は生涯に亘《わた》って人を斬ることがなかったという。

戦国乱世さながらの大太刀《おおだち》を帯びて歩き、自在に抜き差しできる居合の遣い手でありながら敵に襲われても返り討ちにすることなく、抜き上げた長柄で凶刃を阻《はば》むにとどめた行蔵の姿勢は、実に見上げたものと言えよう。

行蔵に限らず、太平の世の武芸者たちは仇討ちや上意討ちといった武士の使命を課せられたとき以外には、好んで人斬りをしなかった。

合戦でもないのに進んで相手を斬ろうとするのは、ただの人殺しである。

悪党ばかり相手取ってのこととはいえ、純三郎はそれをやってきたのだ。

御法に反する所業である以前に、兵法者の端くれとして、胸を張って言えることではなかった。

「おやおや、どうして黙っちまったんだい」

図星を突かれて答えられない純三郎に、清助は更にしつこく問いかける。

「それによぉ、稽古をするだけだったら湯島くんだりまでわざわざ出てくることもねぇだろう？　近所の権現様の境内でいいじゃねぇか」

「貴公に指図をされる覚えはない……」

「だったら教えてくんな。どうして毎朝飽きずに聖堂を拝みに来るんだい」

「が、学問を志《こころざ》す身ならば当然の心がけであろう」

「それにしちゃ、日講を受けにも来ねぇのはどういうこったい」

「浪人の扱いで聴講させて貰《もろ》うても、甲斐なきこと故……」

純三郎は溜《た》め息《いき》混じりに答える。

清助は、そこまで調べを付けているらしい。

言われた通り、浪人同然でも昌平黌で学ぶことは出来る。

しかし、最初からその気はない。学問吟味を受験させてもらえぬ限り、純三郎にとっては無意味だからだ。

教養として儒学を修めれば満足できるほど、こちらは結構なご身分ではない。

出世の糸口にならない学業に打ち込むなど、酔狂《すいきょう》な限りであろう。

余人から見れば、何と狭量《きょうりょう》な奴なのかと呆《あき》れられることだろう。

だが、純三郎にはこれしかないのだ。

一体、どうすれば見逃してもらえるのか。不甲斐ないと思いながらも、純三郎は清助が許してくれるならば、何でもしたい気分になりつつあった。

そんな弱気に活《かつ》を入れてくれたのは、皮肉なことに清助だった。

「まさかお前さん、本気で学問所に入って吟味を受けようってぇのか？　浪人の身じゃ逆立ちしたって無理だってぇのに……ほ、ほ、本気なのかい」

見れば、必死で笑いを堪《こら》えている。

「……左様だ」

「ぷっ、こいつぁお笑いぐさだぜ。ひゃっひゃっひゃっひゃっ」

答えを耳にするや、清助は思い切り笑い出す。

己が置かれた立場を一瞬忘れ、純三郎がムッとしたのも当然だろう。

されど、反論するわけにはいかなかった。

何とも失礼な男であるが、同心として優秀なのは間違いない。

清助は十中八九、小文吾殺しが純三郎の仕業《しわざ》と分かっている。

笑い転げる清助を見返す、純三郎の表情は硬かった。

爆笑しながらも、清助には隙がない。

視線と両のつま先は、こちらに向けたままである。

腰もしっかりと据わっていた。

純三郎が妙な動きを見せれば、即座に対処できるように抜かりなく体勢を整えているのだ。

たとえ逃亡を試み、体当たりなど仕掛けたところで清助は真っ向から受け止め、行く手を阻むはず。

それに逃げ出せば罪を認めたと見なされ、お尋ね者にされてしまう。

迂闊な真似をしてはなるまい。

「あーあ、朝っぱらから笑わせてくれるもんだぜぇ……」

清助は笑いすぎて涙を流していた。

懐から出した手ぬぐいで目元を拭《ふ》き拭き、改めて純三郎に問うてくる。

「お前さん、学問吟味は直参のためのもんだってことを知らないのかえ」

「もとより、委細《いさい》は承知の上だ。それでも江戸に居着き、立身したいと願えばこそ日々精進しておる」

「……なぁ、そいつぁ冗談じゃなくて、本気で言ってんのかい」

「むろんだ。貴公を笑わせたところで、何にもなるまい」

即答する純三郎に迷いはなかった。

しかし、清助の反応は冷たい限り。

「けっ……つくづく笑わせやがるぜぇ」

そんなことを言いながらも、視線は醒めている。

純三郎が本気と察した上で、冷笑を浮かべたのだ。いかつい悪党面だけに、ゾッとするほど冷たい笑みになっていた。

「お前さん、よっぽど身の程知らずらしいなぁ」

「何と申すか⁉」

ずっと気圧《けお》されていたのも一瞬忘れ、純三郎は怒りの表情を浮かべる。

そんな態度に構わず、清助は続けて言った。

「学問所に入って吟味に及第し、華のお江戸で立身出世がしたいってわけかい……つたく、田舎《いなか》もんはこれだからいけねーや」

「……何がいかんと申されるのか、斎藤殿」

「知りてぇのかい」

「笑われてばかりでは、得心が行かぬ故な」

「へっ、つくづく肝だけは据わっていやがる……」

憮然《ぶぜん》と見返す純三郎に苦笑を浴びせると、清助は言った。

「だったら教えてやらぁな。無駄な努力ってやつが、俺ぁ大嫌《でえきれ》えなんだ」

「無駄とな？」

「第一《でえいち》、お前は拝む神さんを間違えてるよ」

「ぶ、無礼なっ」

「だってそうだろうが。株譲りをしてもらって直参になるには、少なくても二百両がとこはまとまった金《もん》が入り用なのだぜ。聖堂なんぞにせっせと足を運んでる暇があるんなら、七福神巡りにでも励んだほうがいいだろうさ」

「おのれ……」

「かりかりすんなよ、若いの。どんだけ御来光を浴びてよぉ、お天道様のご加護を願ったところで、そいつぁ徒労ってもんだ。お前が真っ先にやるべきこたぁ形振《なりふ》り構わず、一文でも余計に銭を稼ぐことなんじゃねーのかい？」

「ぜ……銭とな」

「そうともさ。世の中はな、万事が銭よ。そんなに江戸に居着きたきゃ、学問吟味を受けようなんて考えねーで商人にでもなるこった。いっそのこと、その同田貫を売り飛ばして元手にしたらどうだい？　口銭《こうせん》を寄越《よこ》すんなら、俺が刀屋と話を付けてやるぜぇ」

「……」

思い切り侮辱《ぶじょく》されていながら、純三郎は二の句が継げない。

敵ながらひとかどの男と見なしていただけに、覚えた失望の念は深かった。

町方同心も裏稼業人も、江戸の平和を護るために戦っているのは同じこと。敵対する立場であっても、目指すところは変わらぬはずだ。

どちらも真っ当な者ばかりではなく、持てる力を悪用して、荒稼ぎをする輩《やから》も多いのは残念ながら事実だが、少なくとも清助は違うと信じていた。

しかし、一皮剝《む》けば何たることか。

この男、腕は立つかもしれないが最低だ。

重ね重ね腹立たしくても、文句を言うわけにはいかなかった。

清助は同心として、純三郎を拘引《こういん》できる立場に在るだけではなく、一人の武士として、こちらの上を行っている。

純三郎が圧倒されるほどの貫禄は、一朝一夕《いっちょういっせき》に身に付いたものとは違う。

二十歳そこそこで出仕し始め、四十年近くに亘って捕物御用に精勤してきた熟練の身だからこそ、若い純三郎では及ばぬ威厳も備わっているのだ。

しかし悲しい哉《かな》、清助は武士として事を為してきたわけではないらしい。

戦国の昔から武士たちは御来光を拝むのを日課と位置付け、昇る朝日に向かって謹んで参拝し、武芸の修練に汗を流すことを心がけてきた。

そうやって精進を重ね、太陽の力を身の内に日々取り込めば、いざというときに神仏の御加護を得られると信じていたのだ。

他ならぬ純三郎も、かつて江戸では亡き父と兄、そして肥後では土肥家の信安と共に早起きし、毎朝欠かさずに励んだものだった。

常識とばかり思っていたが、清助にとっては違うらしい。

こんな輩をひとかどの男と見込むとは、とんだ眼鏡《めがね》違いだったらしい。

「ひとつ教えていただこうか、蝮殿……」

失望と怒りを滲《にじ》ませながら、純三郎は問い返す。

「貴公とて二刀を帯びる身、つまりは武士《もののふ》であろう？　ならば、拙者のすることも当然至極とお分かりのはずだ。何故《なにゆえ》の遺恨で、斯くも拙者を貶《おとし》めたいのだ？」

「へっ。お前さんに遺恨なんぞありゃしねーさ」

涼しい顔で即答するや、清助は続けてうそぶく。

「それにな、俺は武士なんてご立派なもんじゃねぇんだよ。尻《けつ》っぺたに十手なんぞを差してる奴を、誰もさむれぇとは見ちゃくれねーからなぁ」

「なぜだ。十手は御公儀より下されし、破邪顕正《はじゃけんしょう》の捕具《ほぐ》ではないのか」

「舐めてんのかい、若いの？　こんなもんを持たされてるから、俺ら町方《まちかた》は不浄《ふじょう》役人呼ばわりされてんだよ」

純三郎をやり込めながらも、清助の表情は淡々としていた。

怒り出さないのも、不浄役人と言われても仕方がないという自覚があればこそ。

武士扱いをされることを、疾《と》うに諦《あきら》めてしまっているのだ。

そんな諦観《ていかん》をもって日々の御用に取り組んでいるだけに、浪人同然の身でありながら学問吟味を目指そうとする純三郎の言動が滑稽《こっけい》であり、笑い飛ばさずにいられなかったのではないか。

そう思い至ったとたん、純三郎は黙っていられなくなった。

「されば蝮……いや、斎藤殿は己を武士とは思うておられぬのか？　口さがない輩から何を言われようとも、貴公さえその気で居られれば良いではないか⁉」

問い詰める声の響きは真剣そのもの。

その主張には、偽らざる本音が込められていた。

どれほど尾羽打ち枯らし、浪人同然になろうとも、武士であり続けたい。

そんな想いがあればこそ、今日まで生きてこられたのだ。

形《なり》さえ、それらしく整っていればいいとは思っていない。庶民に着用を許されぬ絹物をまとい、袴を常着とした上で大小の二刀を帯びていたところで、肝心《かんじん》の中身が伴わなければ道化にすぎないからだ。

しかし、今日《きょう》びは上から下まで、そんな形だけの武士ばかりが目立っている。

戦国乱世を駆け抜けた有名無名の武者たちの如く、信義のために命を捨てる覚悟を常に忘れず、主君への奉公を第一に考えて、その期待に応えるために己を鍛えることを心がけて日々を生きる者など、少なくとも旗本と御家人の中には数えるほどしかいないはず。

とはいえ、太平の世で合戦しか頭になく、主君のために討ち死にすることばかり考えているというのも、些《いささ》か行き過ぎであろう。

乱世の戦場で志《こころざし》半ばに死んでいった武者たちに敬意を払い、間違っても悪口など言わない心がけはもちろん大事だが、争乱が絶えて久しい時代に生まれていながら、敢《あ》えて同じ生き方を志向することはあるまい。

亡き平山行蔵の如く一兵法者として生涯を全うするならば、常在戦場を心がけるのも至極と言えようが、純三郎はそこまで剣の道にこだわっていない。

剣ではなく学問で身を立てんと欲するのも、それが今の時代にふさわしい武士の生き方と思えばこそだった。

動機こそ田舎暮らしで味わった恥辱を晴らしたいという屈折したものだが、志はあくまで高い純三郎である。

太平の世における武士の使命は、庶民の手本になること。

江戸に居着く上で、忘れてはならないと純三郎は思う。

いざというときに刀鑓を振るって外敵と戦い、国を富ませる源である彼ら彼女らの生命と財産を護る強さを身に付けておくのは当然だが、その上で、平和な時代に在っては学徒として範を示さなくてはなるまい。

算盤勘定《そろばんかんじょう》などの実学は商人に任せておき、人が生きる上で欠かせぬ儒教の教えを説くのが武士たる者の役目。そのために、四書五経《ししょごきょう》を学ぶことが必要なのだ。

だが、真摯な主張にも清助は聞く耳を持たない。

「若い若い、お前さんは若いねぇ……」

熱い言葉を聞き流し、思い切り顔をしかめてみせる。

いかつい悪党面が、どことなく寂しげに見えたのは気のせいか。

「あーあ……何だかしらけちまったぜ」

ぼやきながら、清助は溜め息を吐く。

呆《あき》れすぎて気が滅入《めい》った。そんな感じである。

対する純三郎は、落ち込まずにはいられない。

最初から話を聞く気もない相手と見抜けぬまま熱弁を振るい、呆れられたことに徒労を覚え、悔しさを嚙《か》み締めるばかりだった。

と、純三郎の耳朶《じだ》を思わぬ声が打つ。

「もういいぜ、行っちまいな」

「えっ」
どうやら、清助は本当にやる気を削《そ》がれてしまったらしい。
何を考えているのであれ、この隙に退散すべきだろう。
「されば、御免」
おもむろに一言告げるや、純三郎は速《すみ》やかに歩き出す。
清助は後を追っては来ない。
それでも、純三郎は急がずにはいられなかった。
窮地を脱しても、全身の冷や汗はまだ引かない。
相手がただの老人であらば、ここまで圧倒されはしなかったはず。
清助は、老いても並々ならぬ迫力を備えている。
強面《こわもて》というだけならば、どうということもないだろう。
だが、あの男には実績がある。
このまま引き下がるとは思えない。
朝日の下で冷や汗を浮かべつつ、純三郎は根津への戻り道を急ぐ。
その後を、清助は抜かりなく尾けていた。
やる気をなくしたと見せかけて、純三郎を油断させたのだ。

「あの野郎、揺さぶりをかけられて狼狽《うろた》えていやがったな……歳に似合わず落ち着いてるようでも、若造にゃ変わりねぇってことかい……へっへっへっ」

声を潜《ひそ》めてつぶやきながら、清助は坂道を登っていく。

と、後方から男が一人歩いてきた。

足の運びは早かった。

清助を追い越すつもりらしい。

頰被《ほおかぶ》りの下から覗《のぞ》いた顔は男臭く、精悍《せいかん》な造作をしている。

引き締まった長身に、細縞《ほそじま》の着流しが映える。

頃合いを測《はか》って振り向くや、清助は男に呼びかけた。

「よぉ、滝夜叉《たきやしゃ》の。しばらくだったなぁ」

威嚇《いかく》の響きを帯《お》びた、太い声であった。

「斎藤の旦那……」

やっちゃ場で仕入れてきた野菜の籠《かご》を背負ったまま、その男は凍《こお》り付く。

佐吉《さきち》、三十八歳。

下っ引きだった正平に根津一帯の縄張りと十手を託し、幼馴染《おさななじ》みのお峰《みね》が門前町《もんぜんちょう》で営む居酒屋のあるじに収まって久しい佐吉だが、ほんの三年ほど前まで『滝夜叉の佐吉』として根津ばかりか江戸中の悪党から恐れられた、凄腕の岡っ引き。捕物御用から離れた今も愛用する喧嘩煙管《けんかギセル》――鉄製で極太の煙管を打物《うちもの》として戦うのが得意技で、十手との二刀流で向かうところ敵なしだったものである。

それほどの腕利きが、清助の前では緊張を隠せずにいた。

北町の蝮と呼ばれる相手の実力は、かつて立花恵吾に仕えていた頃に幾度となく出し抜かれて承知の上。老いても衰えを知らない手練《てだれ》なのも分かっている。

もとより、恵吾と清助は犬猿の仲。

配下だった佐吉のことも、当然ながら快く思ってはいないはず。

案の定、投げかけられたのはとげとげしい言葉だった。

「お前、立花さんに手札《てふだ》を返《けえ》したそうだな」

「……へい。もう随分と昔のこってす」

「いい腕をしてたのに、もったいねぇなぁ」

「そんなことはありやせん。後のことは、若え者《わけえもの》に任せておりやすんで……」

「お前にくっついて廻ってた、下っ引きのことかい？　あの木偶《でく》の坊《ぼう》、たしか正平って言ったかな」

「おかげさまで、しっかりやっておりやす」

「へっ、あんな木偶の坊に岡っ引きが務まってるのかい？　俺が見たとこじゃ半人前もいいところだが、なぁ」

「そいつぁお言葉が過ぎますぜ、旦那……」

「怒るな怒るな、そんなに眉間《みけん》に皺を寄せちゃ、いい男が台なしってもんだ」

可愛《かわい》い弟分をけなされてムッとする佐吉を見返し、清助は笑う。

「まぁ、腕っこきの裏稼業人が付いてりゃ怖いもんなしだろうよ」

「誰のこってすかい、旦那」

「あの若《わけ》え浪人だよ。立花さんに傭《やと》われて、正平を助《す》けてるんだろう」

と、清助が指差したのは純三郎の背中。

こちらのやり取りに気が付かぬまま、坂道を足早に登っていく。

一方の佐吉は、完全に機先を制されていた。

頬被りで顔を隠したまま清助を追い越し、後を尾けられていることを教えてやるつもりだったのが見つかってしまい、為《な》す術《すべ》を持たずにいる。

ともあれ、黙ったままではいられない。

「純三郎が正平を助けてくれてるのは仰せの通りでござんすが、どうしてあいつが裏稼業人なんですかい、旦那？」

「とぼけるない。お前だって、もう先《せん》から見当は付いてたんじゃねーのかい。まして、あの立花さんが未だに見抜けずじまいとは思えねぇ……まさか、みんなして見て見ぬ振りをしてるんじゃあるめぇな」

「そんなことはありやせん。とんだお疑いですぜ」

「思い当たる節は何もねぇってのかい、滝夜叉の」

「あ、当たり前でさ」

即答しながらも、佐吉は動揺を隠せない。

すかさず、清助は突っ込んでくる。

「それにしちゃ、根津の界隈じゃ妙な事件《こと》が多すぎるぜ」

「どういうこってす」

「あれはたしか、お前が岡っ引きの足を洗う間際のこった。権現様の前の辻番所に転がり込んでた若造が、大《てぇ》した騒ぎを起こしただろう?」

「……弥十郎《やじゅうろう》のこってすかい、旦那」

「それそれ、それよ」

にやりと笑って、清助は言葉を続ける。

「上つ方のお達しですべてはなかったことにされちまってるけどよぉ、俺様の目はごまかせやしねーぜ。何しろ阿部《あべ》の奴から、ちょいちょい話を聞かされていたんだから、なぁ……」

清助が口にしたのは、三年前の暮れに辻風弥十郎が巻き込まれた大事件。

今は伊織《いおり》の娘婿《むすめむこ》である加納久馬《かのうきゅうま》の窮地を救うため、弥十郎は剛力自慢の若い旗本と対決し、真っ向勝負でこれを仕留めた。

その旗本の父親が、報復の裏稼業人狩りに乗り出したのだ。

折しも弥十郎の命を狙う別の一隊まで水戸《みと》から江戸に迫っており、根津権現前の辻番所を根城とする一党は危機に陥った。

そんな動きに乗じ、手柄を立てようと目論《もくろ》んだのが、清助と同じ北町奉行所に属する定廻同心だった、阿部勘平《かんぺい》という男。

留蔵《とめぞう》と伊織を護るべく弥十郎が御先手組《おさきてぐみ》の旗本一家と単身対決し、弱ったところで自分がお縄にしようと張り切る勘平だったが、戦いの場に乱入した別の一隊——かつては同志だった弥十郎を裏切り者として追っていた、水戸の藩士たちに邪魔者と見なされ、引き連れた捕方《とりかた》と共に皆殺しにされてしまった。

その勘平から、清助は話を聞いていたのである。

それでいて、亡き後輩にそれほど同情してはいないらしい。

「気の毒だが、あれは自業自得ってもんだろうぜ。お前も知っての通り、阿部は腕に自信が有りすぎて、詰めの甘い奴だったからなぁ……」

言葉だけは痛ましげに、清助はつぶやく。

対する佐吉は、相変わらず二の句が継げない。

当時は岡っ引きとして裏稼業人を追っており、留蔵と伊織に続いて目星を付けた弥十郎までお縄にするべく機を窺っていたものの、最後は邪魔することなく、意を決して臨む戦いの場に送り出してやったからだ。十手を捨てたのは、町方御用に携わる身でありながら犯罪者を逃したことへの、佐吉なりのけじめでもあった。

その後も誠四郎《せいしろう》に純三郎と、弥十郎に代わって辻番所の一党の仲間に加わった新顔の裏稼業人たちを、佐吉は敢えて見逃してきた。後ろめたくはあったが、もはや岡っ引きではなくなったので気が楽になり、罪悪感を抱くこともなかった。

立場こそ違えど、江戸を護ることを使命とするのは変わらない。

少なくとも留蔵が束《たば》ねる面々は、金ずくで誰彼構わず殺しを請け負い、荒稼ぎをして憚《はばか》らぬ外道とは違う。

ならば咎め立てせず、好きにさせてやりたい。

十手の力では追い詰めることが叶わぬ悪を、退治してほしい。

辻番所が裏稼業人の根城と突き止めながらも岡っ引きの足を洗い、捕物御用から身を引いたのは、そんな想いがあればこそだったのだ。

しかし、そんなことは清助に関わりなかった。

裏稼業人をお縄にし、手柄を立てることしか頭にないのだ。

阿部勘平に日向小文吾。かつて北町奉行所で腕利きと謳《うた》われた同心たちも、老練の清助から見れば若造に過ぎぬ面々。

同じ轍《てつ》を踏むことなど有り得ない。

満を持して自分が裏稼業人狩りに乗り出す以上は必ずや、お縄にしてみせる。

揺るぎない自信の下、清助はうそぶいた。

「下手に関わるんじゃねーぜ、滝夜叉の。女房が可愛いんならよぉ、せいぜい後生を大事にするこった」

「旦那……」

「昔馴染《なじ》みだからって、辻番のじじいを庇《かば》い立てしたら承知しねぇぞ」

「……」

ずばりと核心を突かれてしまっては、言い繕《つくろ》っても無駄なこと。

岡っ引きになる以前の佐吉は、滝夜叉の通り名もそのままに、根津界隈で無頼の暮らしを送っていた。

その頃に兄貴分だったのが、今は辻番所を根城に裏稼業人を束ねる留蔵なのだ。

そこまでお見通しの上で、清助は釘《くぎ》を刺したのである。

この場は口を閉ざし、黙って見送るより他になかった。

「連中とは近《ちけ》ぇうちに白黒をつけてやるさ。留蔵に田部《たべ》伊織、それから、あの身の程知らずの若造、土肥純三郎って言ったかい……三尺高《たけ》ぇとこに仲良く雁首《がんくび》揃えてやるからよぉ、楽しみに待ってな。へっへっへっ」

最後に言い置き、清助は悠然と歩き出す。佐吉をやり込めて溜飲《りゅういん》を下げながらも気を抜くことなく、先を行く純三郎を再び尾行し始めたのだ。

時間の余裕は十分にあった。

臨時廻は定廻の補佐をする、いわば遊軍。

火急《かきゅう》の折を除いては捕物や探索に駆り出されることもなく、一応は市中見廻りの役目もあるが、定廻ほど熱心にやらなくても格好は付く。

見習い同心たちの教育も一段落付いた頃であり、奉行所の席を空《あ》けていても心配はなかった。

「今に泣きを見るがいいぜ、さむれぇ気取りの裏稼業人さんよぉ……」

皺の寄った顔に不敵な笑みを浮かべ、清助はつぶやく。

今日も後を尾け回し、純三郎が隙を見せるのを待つつもりであった。

三

純三郎は気が気ではなかった。

集中できていないせいで、後を尾けられているのも気付いていない。

仲間の留蔵や伊織にはない、こうした感情の乱れに付け込まれ、尾行される羽目になったのだ。

根津から本郷へ至る坂道を登っていく、純三郎の足取りは重かった。

上り坂がきつすぎるわけではない。

胸の内の動揺が、足の運びを鈍らせていた。

斎藤清助の出現は、純三郎に少なからぬ動揺を与えていた。

あの男は手強《てごわ》い。

しかも言うことにいちいち毒があり、まさに蝮そのものである。

だが、何を言われても屈する気はなかった。

是が非でも生き延びて、江戸に居着く。それほどまでに決意も固く、純三郎は国を捨ててきたのだ。十年余り過ごした肥後の相良藩を脱藩し、戻ることなど考えもせず、江戸に根を張るべく頑張ってきたのだ。

天涯孤独も同然の自分には、失うものなど何もない。

思い切ったことをやってみたい。

家や親のためではなく、己自身のためにそうしたかったのだ。

純三郎は斯様に考え、学問吟味を突破して、身分の上では相良氏と同じ直参――将軍の家臣になってやろうと心に決めたのだ。

筋違いな考えなのかもしれない。

藩士にとっての主君は大名であり、将軍とは違う。

純三郎が御奉公する相手は、本来ならば藩主の相良氏なのだ。

かつては、それが当たり前だと思っていた。

頼もしい兄の道之進に家を継いでもらった上で弟の自分は文武の両道、とりわけ好きな学問に励み、さすがは真野均一郎の子だと呼ばれたいものだと、幼いながらも願っていた。

同じ家中の少年たちと同様に何の疑問も持つことなく、一藩士の子として生きていくことしか、当時は考えていなかった。

そんな希望があっけなく断たれたのは、純三郎が八歳のとき。

父と兄が何者かに闇討ちされ、母の妙《たえ》が憔悴《しょうすい》した末に亡くなってしまったために寄《よ》る辺《べ》を失い、肥後の国許へ幼い身を移されたのが、思い出すのも忌々《いまいま》しい、煉《れん》獄《ごく》の日々の始まりだった。

純三郎を引き取ったのは父方の祖父で、貧乏郷士の真野伝作《でんさく》。

藩邸で指折りの剣の遣い手ながら穏やかそのもので、文人墨客《ぶんじんぼっかく》の如き雰囲気を漂わせていた均一郎の実の親とは思えぬほど、伝作は無知で粗暴な男である。

思い出しても、吐き気がする。

生まれ育った江戸の地を恋しがり、いつまで経っても田舎での暮らしに馴染めずにすねる純三郎を伝作は野良《のら》仕事の手伝いに駆り立て、容赦《ようしゃ》なく殴り付けて口答えを許さなかった。

そうやって口では立派なことを言いながら伝作は他の身内に甘く、均一郎の実弟にしては無恥なのにも程がある、馬鹿まる出しの叔父《おじ》を溺愛《できあい》し、浪費の尻ぬぐいをするために、ただでさえ乏しい家代々の田畑を切り売りして恥じずにいた。

そんな伝作を、純三郎は未だに好きになれずにいる。

本音を言えば、憎くて仕方がない。

仮にも祖父である以上、刃《やいば》を向けて恨みを晴らすわけにもいくまいが、まだ幼く弱かったのを虐待されたのは許しがたい。

忘れられぬからには怒りを鎮《しず》め、二度と会わぬのが賢明だろう。

格別の世話になった土肥家の人々とも、このまま距離を置いていたかった。

自分の居場所は、山ばかりの田舎とは違う。

将軍のお膝元たる江戸でこそ、武士として実り多き一生を送れるはず。

本来の在るべき場所に戻った以上は、今度こそ居着きたい。

かかる一念の下、純三郎は江戸まで戻ってきたのだ。

祖父一家の虐待を見かねた土肥家の先代に引き取られ、奉公人でありながら実の子同様に育ててもらいながら、純三郎の抱いた決意が揺らぐことはなかった。

田舎暮らしなど真っ平《まっぴら》御免。

どうあっても江戸に居着くと心に決め、こうして帰ってきた以上、万難を排してでも夢を叶えなくてはなるまい。

立花家に婿入りすれば話は早いが、浅ましい真似をする気はなかった。

恵吾の一人娘で出戻りの花江《はなえ》は、正平とは互いに憎《にく》からず想い合う仲。

以前の純三郎ならば他人の色恋など意に介さず間に割り込み、醜女《しこめ》と承知で花江に求婚して立花家の入り婿に収まろうとしただろうが、今は違う。

正平はもとより立花父娘《おやこ》も、純三郎にとっては大事な存在。

裏稼業の仲間である留蔵や伊織とは別に、少しずつ、されど確実に絆《きずな》を育《はぐく》んできた大切な人々を、裏切るわけにいかなかった。

それの我欲《がよく》を満たすためにばかり動いていては、天も味方はしてくれまい。人のために労を惜しまず、誠を尽くして功徳《くどく》を積んでこそ道は開ける。

もうすぐ一年になる江戸暮らしの日々の中で、純三郎は斯様に悟っていた。

若者が将来に抱く不安と恐れは、いつの世も変わらぬもの。

それでも若さ故、挑戦せずにはいられない。

とりわけ純三郎は、新天地を求めたい気持ちが人一倍強い。

これもまた、田舎暮らしの反動と言えよう。

純三郎から見れば、国許の日常は閉塞《へいそく》しすぎている。

野暮《やぼ》でも剛直な生き方を貫いていれば、それはそれで見上げたもの。

だから、土肥家の人々は昔ながらのままでいいのだ。

だが、祖父一家は士分のくせに最低な連中の集まりだった。

英邁《えいまい》な長兄の均一郎ではなく、ひたすら酒びたりの伝作に似ている叔父たちは分《ぶん》を弁《わきま》えぬ酒食遊興に明け暮れ、類は友を呼ぶの譬《たと》え通り、同類の郷士仲間とばかりつるんでいる。


そんな不甲斐ない一家に在って古武士の如く質実剛健に生き、文武両道に励んで郷士から藩士に取り立てられたのは均一郎のみ。他は誰もが呆れずにいられぬほどだらしなく、武士と呼ぶに値しない者ばかりであった。

たとえ肉親であろうと、愚か者といつまでも付き合ってはいられない。

つくづく、思い出すだけで吐き気がする。

没落寸前の真野家と比べては失礼だが、土肥家の一員で有り続けるのも、純三郎に出来そうもないことだった。

土肥家とは、かの源平の争乱において緒戦から源頼朝《みなもとよりとも》に味方し、平家打倒に貢献した土肥次郎《じろう》（二郎）実平《さねひら》を祖とする一族。

純三郎が世話になった、その子孫たちは藩主の相良氏も遠慮せざるを得ないほどの格式を誇る、肥後の大物郷士だ。

土肥氏も相良氏も元は伊豆《いず》の豪族であり、源氏を三代で廃して北条《ほうじょう》氏が牛耳《ぎゅうじ》り始めた鎌倉《かまくら》幕府から距離を置き、平家追討に派遣されたのを幸いに九州の地に土着したのも同じだったが、肥後に入国したのは土肥が先。

徳川の天下では半士半農の郷士にすぎず、地頭《じとう》として山村《さんそん》を任されるだけの立場だが、同じ郷士でも真野家となど比べものにならない名家として、相良藩において隠然たる勢力を誇っていた。

とはいえ、その威光が及ぶのは肥後の国許のみ。

細川《ほそかわ》氏の治める熊本藩と、天領——幕府の直轄領である天草《あまくさ》、そして九州で最大最強の大名である島津氏が統《す》べる薩摩藩に挟まれた、ほんの小さな相良の藩領内にとどまっているだけなのだ。

井の中の蛙《かわず》と言われても仕方あるまいが、土肥家の人々は最初から一片の野心も抱いていなかった。

鎌倉の昔から相良氏に逆らわず、戦国の世にも下克上を狙ってはいない。

徳川の天下となってから相良氏が何かにつけて藩主の威光を振りかざし、挙げ句の果てには先に肥後入りされたことの証拠である、家系図を取り上げるという暴挙に及んでも、事を荒立てようとせずにいる。下の立場に甘んじ、所領と認められた五木村《いつきむら》さえ護っていられれば、それでいいのだ。

こうして堅実な生き方を貫いていればこそ、先祖の加護も得られるのだろう。

見上げたものだと思う一方、純三郎には見習うつもりもなかった。

そもそも、土肥家の正式な養子に迎えられたわけではない。

土肥の姓にしても、あくまで仮のものとして授かっただけなのだ。

となれば、逆らったところで罰は当たるまい。

十余年も世話になっていながら心苦しいことだが、今は自分の力を頼りに、この江戸で生き抜くのみ。純三郎は、そう心に決めていた。

浪人同然の立場から直参になって出世をしようとは、無謀な試みに違いない。

それでも、挑まずにはいられないのだ。

受験資格にこそ制限があるものの、学問吟味は公平な人材登用試験。

御家人でも末端の町方同心や御徒《おかち》でさえ、優秀な成績を収めて及第すれば、出世の道が開ける仕組みとなっている。

最初の一歩さえ何とかすれば、後はどうにでもなる。

もとより純三郎は剣術よりも学問が好きであり、勉学を重ねることが幼い頃から苦にならない。

やってみる価値は、十分にある。

歳を食ってから悔いたところで、遅いのだ。

女であれば、若いときにああすれば良かった、こうしていれば人生は違うものになったはずだと、無意味な愚痴をこぼしまくって気晴らしすればいい。

されど、純三郎は男である。

一物《いちもつ》をぶら下げて、生まれてきてしまったのである。

女子《おなご》どもの如く、人から与えられるのを待つばかりでは何ひとつ始まるまい。

男ならば、負けを恐れず戦うべし。

望ましい人生は自力で手に入れるのだ。

北町の蝮だろうと何だろうと、後れを取ってはなるまい。

裏稼業人の正体を暴くことを強行するのであれば、こちらも黙ってはいない。

(負けてなるものか……)

力強く、純三郎は歩を進める。

予想を超える敵の手強さに、まだ気付いてはいなかった。

四

それから半月が経った。

すでに月は明け、八月を迎えている。

陽暦では十月に入り、秋は更に深まりつつあった。

朝夕こそ多少冷え込むものの、一年を通じて過ごしやすい時期である。

南国の肥後育ちで寒さに弱い純三郎にとっても快適なはずだったが、このところ何をしていても表情が冴《さ》えない。

あの日以来、純三郎は湯島の森に足を運ぶことが出来ずにいる。

行く先々に清助が現れて、露骨に尾け回すからだ。

純三郎が裏稼業人と確信すればこそ、そうしているに違いない。

思った以上に、清助は執拗《しつよう》だった。

純三郎に張り付いて、片時も目を離そうとしない。

手の者を抱えているらしく、姿が見えないときも常に視線を感じる。

何とも困ったことである。

「そんなに急いでどーしたの、おにいちゃん？」

同じ長屋の子どもたちが表で声をかけてきても、気軽に応じかねる。

お松《まつ》や菊次《きくじ》、竹蔵《たけぞう》ら長屋のちび連と親しいのに目を付け、実は裏の稼業人なのだと清助が吹き込みかねないからだ。

純三郎を「てんぐのおにいちゃん」と呼んで慕う、無邪気な子どもたちがまさか信じるはずもあるまいが、余計な心配をさせたくはなかった。

ともあれ、今は尾行を避け続けるより他にあるまい。

純三郎は正平と連れ立ち、昼下がりの根津の門前町を見廻っていた。

まとわりつくのを諦めた子どもたちは境内できゃあきゃあ遊んでおり、清助の姿は見当たらない。今日のところは、妙なことに巻き込む恐れはなさそうである。

だが、片時も油断はできなかった。

清助はかねてより正平にも接触を図り、よからぬ情報を吹き込んでいたのだ。

「なぁ純三郎さん、こないだの夜はどうしたんだい？」

「何の話だ、正平殿」

思わぬことを問いかけられたのは、見廻り中の休憩で茶屋に寄ったとき。

「ほら、お前さんがぷいっと消えちまったときのことさね。立花の旦那がみんなに八百膳《やおぜん》の仕出しを奮発してくださるって仰《おつしや》るのに、いらないって言って先に帰っただろう？　食い意地の張ってるお前さんが遠慮するとは珍しい、どこか具合が悪いんじゃないかって、花江お嬢さんと藪庵《やぶあん》先生も心配していなすったのだぜ」

「別に、何事も……」

「そんなこと言ってよぉ、今だって顔色が良くないじゃねぇか」

本気で案じてくれていればこそ、問いかける顔は真剣そのものだった。

正平は当年三十二歳。背ばかり高くて腰が据わっておらず、脚も細い。

純三郎と一回り近くも歳が違うが、むやみに偉そうに振る舞うことはない。

一応は士分と見なし、敬意を払ってくれてもいるのだろうが、最初の頃は今以上に意固地だった純三郎と共に働くうちに気心が知れ、縄張りである根津界隈の治安を護るのに欠かせぬ相棒として頼りにすると同時に、友情を育《はぐく》み合っていた。

そんな正平が鼠《ねずみ》を思わせる顔を引き締め、純三郎を問い詰めている。

「なぁ、何もねぇのなら隠さずに答えてくんな。あの夜に一体何があったんだい」

「……長屋の幼子《おさなご》が熱を出した故、医者を呼びに走らねばならなかったのだ」

「ほんとかい」

「疑うならば境内に立ち戻りて、当人に訊《き》いてくれ。おぬしも存じておる、鳶職《とびしょく》の音松《おとまつ》の娘だよ」

「いつもお前さんに軽業《かるわざ》をやらせちゃケラケラ笑ってる、あのお松ってちびっ子のことかい？」

「左様。今は元気にしておるが、あの夜は大事《おおごと》だったのだ……」

それは半ば事実であり、残る半分は嘘であった。

十日前の夜、純三郎は裏稼業の悪党退治を決行した。

折悪《おりあ》しく伊織が娘夫婦に誘われて伊豆まで湯治《とうじ》に出かけていたため、ひとりきりで事を為したのだ。

清助の目が気にはなったが、上州《じょうしゅう》生まれの留蔵の幼馴染みが名指しで持ち込んできた依頼は急を要するものだった。

殺しの的は品川宿《しながわじゅく》で抱えの飯盛女《めしもりおんな》に難儀を強《し》いる、悪辣《あくらつ》な食売《めしうり》旅籠のあるじ。堅気《かたぎ》の商家に奉公するため江戸に出てきたものの職を失い、途方に暮れていた娘を言葉巧みに騙《だま》し、年季証文を無理やり書かせて身売りを強制したばかりか、宿場役人に訴え出ようとしたのを口封じに始末させた外道であった。

本来ならば伊織を待って仕掛けるべきだが、病の身を押して江戸に出てきた依頼人は辻番所に辿り着いたところで力尽きてしまい、明日をも知れぬ命。せめて息のあるうちに、娘の無念を晴らしてやりたい。

折しも清助のことを明かすつもりになっていた純三郎は困惑したが、留蔵に懇願されて、危機が迫りつつあるのを隠したまま首肯せざるを得なかった。

ところが決行の当夜、更なる不測の事態が生じた。

風邪をこじらせたお松が高熱を発し、近所の医者に診せたくても貧乏人の娘では相手にされず、純三郎を含めた長屋の男衆は代わりの医者を総出で探し回らなくてはならなくなった。

そこで災い転じて福と成すべしと純三郎は考え、薬礼の多寡《たか》を問わず病人を診てくれると評判の名医を迎えに走るついでに、悪党どもを仕留めたのだ。

件《くだん》の医者が同じ品川に住んでいなければ、都合良く事は運ばなかっただろう。

目指す旅籠に丸腰で忍び込み、速攻で的を仕留めた純三郎は、その足で宿場近くに住む医者の許へと駆け込んだ。

辻駕籠を頼む銭もないので自ら背負い、駆け通しに駆けて根津まで連れて帰ったのである。

いつもの如く同田貫で斬っていれば返り血の臭《にお》いで怪しまれただろうが、非情に娘を刺し殺した食売旅籠の三下《さんした》の首を跳び蹴りで砕き、あるじの首をへし折って事を済ませたので、何とか不審がられずに済んだのだ。

感覚の鋭敏な医者にも見抜かれなかったのだから、人が良くても岡っ引きとして有能とは言いがたい正平が気付くはずもない。

案の定、正平はすんなり納得してくれた。

「そいつぁ大変だったなぁ純三郎さん。あの夜にゃ品川宿で殺しがあったそうだが巻き込まれずに済んで何よりだったぜ」

「ご加護があったのだろう。拙者は日頃から身を慎んでおるからな……」

「へっ、貧乏暮らしで遊ぶ銭がねぇだけのこったろう？」

「ははは、そういうことだ」

正平の追及をかわした純三郎は、ホッと安堵《あんど》の笑みを浮かべる。

しかし、今日も清助を振り切ることはできなかった。

休憩後に立ち寄った先の商家で引き留められた正平と別れ、一人で界隈の見廻りを続けていたところに、忽然《こつぜん》と現れたのだ。

「木偶の坊を上手《うま》く煙《けむ》に巻いたもんだなぁ、え？　そんな真面目くさった面《つら》ぁしてやがるくせによ、つくづく大した役者だぜぇ。へっへっへっへっ」

「……貴公、何が言いたいのか」

「なーに。品川の小松屋《こまつや》の一件なら、調べが付いたって知らせに来たのさ」

表情を硬くする純三郎を、にやりとしながら清助は見返す。

「宿場役人どもは琉球《りゅうきゅう》の唐手《からて》遣いでもなけりゃ出来ねぇ芸当だ、まさか相撲《すもう》取りの仕業でもあるまいしって頭ぁ抱えてやがったが、俺の目はごまかせねーぜ。お前の腕なら大の男の二人や三人、素手で引導を渡すぐれぇは朝飯前のこったろう。虫も殺さねぇ面ぁして、よくやってのけたもんだぜ」

「……何のことやら分からぬな」

淡々と一言返し、純三郎はゆっくり歩き出す。

清助は黙って後から付いてきた。

こちらが挑発に乗せられて怒り出したり、あるいは狼狽《ろうばい》して逃走すれば、この場で引っくくるつもりだったに違いない。

だが、純三郎はすでに相手の手の内を読んでいた。

清助は執念深いばかりでなく、慎重な一面も兼ね備えている。

純三郎の存じ寄りは老若男女の別を問わず巻き込もうとする一方、無関係の町中の人々にまで迷惑をかけようとはしないのだ。

市中での清助の評判を考えれば、うなずける話であった。

蝮だの鬼同心だのと恐れられながらも清助は町人たちから慕われており、南町の立花恵吾とは捕物の成績だけでなく、人気も二分していた。

顔付きこそ絵に描いたような悪党面でも、決して嫌われてはいないのだ。

純三郎を追い詰める上でも、清助は自重した行動を心がけているらしい。

無法を働く旗本や御家人、あるいは主君の権威を笠に着た藩士に立ち向かうときは動かぬ証拠を揃え、後ろ盾《うしろだて》の幕府なり藩邸なりのお偉方を巻き込んで、表沙汰にされたくなければ裁きを付けるように脅しをかけるのが常だというのに、裏稼業人狩りはあくまで慎重に事を運ぼうとしている。

半月前の朝にわざわざ湯島の森で純三郎を待ち受けたのも、人目に付かぬように話を付けて、あわよくば自供させようと目論んだためと見なされた。

何故にそこまで騒ぎを起こしたくないのかは定かでなかったが、追われる立場の純三郎にとっては有難《ありがた》い。ここは相手が自重しているのを逆手に取り、出来るだけ人目のあるところに身を置くことで、危険は回避できるはずだ。

純三郎は斯様に判じ、だっと駆け出す。

清助が見る間に遠ざかっていく。

（上手くいったな……）

秋の風が吹き抜ける下を駆けながら、純三郎は莞爾《かんじ》と微笑む。

息ひとつ、切らせていない。

対する清助は頑健《がんけん》であっても年寄り。長くは息も続かぬはず。

十分に引き離したところで、目に付いた蕎麦屋《そばや》に入る。

純三郎は学費を貯めるために銭を惜しみ、自腹ではめったに中食《ちゅうじき》を摂《と》らない。食事は朝夕に立花家で振る舞ってもらう二食だけで済ませていたが、このところは尾行され続けて気が滅入り、心づくしの食事もほとんど喉《のど》を通らずにいた。

茶屋で正平が勧めてくれた団子《だんご》を断ったときも食欲など何もなかったが、清助を首尾良く引き離したことで、久しぶりに腹が空《す》いている。

だが、安堵したのも束《つか》の間《ま》だった。

いつの間に追い付いたのか、清助が店の中まで入ってきたのだ。

どうしたことか、息ひとつ切らせていない。

悠然と雪駄を脱ぎ、入れ込みの板の間に上がってくる。

「早駆《はやが》けで腹ぁ空いたのかい、若いの」

茫然《ぼうぜん》とする純三郎を見下ろして、告げる口調も余裕綽々《よゆうしやくしやく》だった。

やはり、清助には相棒がいるらしい。

逃走した純三郎の後を追わせ、蕎麦屋に入ったのを突き止めさせた上で、悠々と足を運んできたのだろう。

（おのれ、猪口才《ちょこざい》な……）

純三郎は悔しげに臍《ほぞ》を嚙む。

されど、空腹なままでは戦えない。今は腹拵《はらごしら》えをするのが先だ。

純三郎がたまたま入った蕎麦屋は、土間に飯台と椅子《いす》代わりの空き樽《だる》を並べるのではなく、入れ込みの広い板の間に客を上げる形式の店だった。

奥には小上がりの座敷も設けられており、蕎麦を手繰《たぐ》るだけでなく、くつろいで一献《いっこん》傾けることも出来る。

清助の姿を目にしたとたん、店のあるじが飛んできた。

「斎藤の旦那、お役目ご苦労様です。どうぞ、奥へお入りください」

「構わねぇでくんな。俺ぁここがいいのさ」

「そんな、遠慮をなさらないでくださいましな」

「いいんだよ。俺なんぞに構ってたら、他の客に出す蕎麦が伸びちまうぜ。余計な気なんぞ遣わなくていいから蒸籠《せいろ》を二枚、持ってきてくんな」

下にも置かぬ様子で案内しようとするのを断り、板の間にどっかと座る。

純三郎の目の前だった。

「……しつこいな、貴公も」

困惑しながら店のあるじが去るのを待って、純三郎は清助に嚙み付く。腹が空ききっていたはずなのに、蕎麦を注文する気も失《う》せた。

「……お前こそ、いい加減に観念しやがれ」

周囲から気付かれぬように声を低めたのは、清助も同じこと。

「……何故《なにゆえ》、拙者を追い回すのだ」

「……決まってんだろ。手前の胸に手を当てて、訊いてみなよ」

「……違うと申しておるであろう」

「……へっ、そのうちに罰が当たるぜ」

呆れた様子で毒づくと、清助は傍らに置かれた土瓶《どびん》を取る。

備え付けの碗に白湯《さゆ》を注ぎ、悠然と口に含む。

純三郎が食事を終えるのを待って、再びつきまとうつもりなのだろう。

何ともしつこい限りだが、こういうときには焦《あせ》ったほうが負けである。

落ち着きを取り戻すべく、純三郎も土瓶に手を伸ばす。

注いだ白湯を一気に飲み干すや、渇ききった喉に温かさが染み渡った。

大敵が目の前にいるのも一瞬忘れ、ふっと純三郎は微笑む。

と、空《から》になった碗が満たされた。

「何のつもりだ……」

「いいから飲めよ。喉が渇いてんだろ？」

「……かたじけない」

純三郎はぎこちなく、注がれた白湯に口を付ける。

その様を見守りつつ、清助はぼそりとつぶやいた。

「……お前さん、やっぱり肥後に帰ったほうがいいんじゃねーのかい」

「えっ」

「……国許にゃ身内もいるんだろう。今のうちなら、見逃してやるぜ」

「……ば、馬鹿を申すな」

純三郎は慌てて顔を背けた。

斎藤清助という男のことが、何だか分からなくなってきた。

強面で北町の蝮と呼ばれていながら、斯様に気のいいところもある。

そうでなくては、町の人々からは慕《した》われまい。

この蕎麦屋のあるじにしても、丁重《ていちょう》にもてなさなくては後が怖いからわざわざ座敷に案内しようとしたわけではない。心から敬意を払っており、当の清助の言動からも市井《しせい》の民を大事に思っていることが窺い知れた。

純三郎にしてみれば、甚《はなは》だやりにくい。

日向小文吾の如く出世と金のことしか考えていない手合いならば、こちらも非情に徹することができるし、叩き斬ったところで胸は痛まない。

しかし、清助は勝手が違う。

根っからの悪徳同心ではなく、市中の評判もいい。

純三郎に目を付け、しつこく追い回すのも私利私欲を満たすためではない。

自分が江戸の平和を護るという揺るぎない信念の下、裏稼業人を悪と見なして捕らえようとしているだけなのだ。

だからといって純三郎が罪を認め、大人しく捕まるわけにはいかない。

一体、どうすればいいものか——。

「へい、お待ちどお」

考えあぐねているうちに、蒸籠に盛られた蕎麦が運ばれてきた。

清助が注文した分である。

遅ればせながら自分も頼もうとした刹那、清助がにっと笑った。

「俺の奢《おご》りだ」

「え……」

「遠慮しねぇで箸《はし》を付けな。足りなきゃ手前《てめえ》で頼むがいいぜ」

清助は澄ました顔でうそぶきつつ、蒸籠二枚の銭《ぜに》を店のあるじに握らせる。

「か、かたじけない」
ぎこちなく礼を述べた純三郎は、清助が手繰り始めるのを待って箸を取る。
久しぶりの外食だった。
猪口の出汁《だし》は相変わらず、真っ黒い。
江戸の蕎麦つゆは上方《かみがた》と違って濃いめに出汁を取るため、どっぷり浸せば野暮《やぼ》だ
何だと言われる前に、西国の人々には辛すぎて馴染めない。
それほどまでに濃いつゆも、純三郎は気にならなかった。
生まれは江戸でも、純三郎は濃い味付けが好まれる肥後育ち。
もちろん個人によって差はあるが、五木村のような山深い土地で暮らしていれば
植林や茸《きのこ》取り、薪《たきぎ》集めで大汗を流すため、体から失われる塩分を日々の食事で補
うことが欠かせない。純三郎が世話になった土肥家でも、自家製の醬《しよう》油《ゆ》と麦《むぎ》味《み》噌《そ》
をふんだんに作り置きし、家族ばかりか村人たちにも気前よく振る舞っていたので
誰もが塩辛い味に慣れている。
真っ黒い出汁を気味悪がるどころか逆に喜び、食べ終えた後は蕎麦湯も足さずに
飲み干してしまうのも、江戸っ子から見れば奇異なこと。
江戸に居着きたいと渇望していながらも、肥後の育ちが見え隠れする。

そんな自分の有り様を、純三郎は自覚していなかった。

蕎麦をどっぷりつゆに浸しながらも胸の内で考えるのは、この場から如何にして逃れるかであった。

清助の人柄がどうあれ、敵であることに変わりはない。

何としても逃れなくてはならないし、仲間の命も護りたい。

純三郎は、あれから辻番所に近付かずにいた。

留蔵はもとより、湯治から戻ってきた伊織とも顔を合わせぬためである。

自分だけ助かりたいという、狭い了見ゆえの行動とは違う。

清助に裏稼業を暴かれた当初に覚えた動揺は、もはや失せていた。

形振り構わず逃げ出せば、必ずや悔いが残る。

仲間と見込んだ留蔵、そして伊織と共に、この窮地を脱するのだ。

されど清助の監視をかいくぐり、額《ひたい》を付き合わせて相談するのは難しい。

そこで純三郎は思案の末、ここ数日はわざと辻番所から距離を置いていた。

辻番所に一日じゅう詰めていなくてはならず、留守番を置かなくては勝手に外出もできない立場の留蔵を訪ねるのを控えたばかりか、湯治から戻った伊織と往来ですれ違っても素知らぬ振りをし、挨拶《あいさつ》もせずにいた。

斯様な態度を取ったのは、危機を知らせるためである。見つかる危険を冒して手紙など書き送らなくても、純三郎の様子がおかしいことから、異変にはかねてより気付いているはず。

相手が北町の蝮と呼ばれる斎藤清助と分かれば警戒し、すでに二人だけで策を講じてくれているに違いない。それに清助をこうして引きつけておけば、余計に時が稼げることだろう――。


しかし、事は純三郎の思惑《おもわく》通りには運ばなかった。

先に食べ終えた清助が、厠《かわや》に行くと言って店の奥に入ったのだ。

念の入ったことに羽織を脱ぎ、後ろ腰から抜いた十手まで添えて、店のあるじに預けて行ったのである。


純三郎は、この策にまんまと引っかかった。

羽織はともかく、捕吏《ほり》の象徴である十手を置いて遠出をするはずがない。

これは間違いなく御不浄に立ったに違いないと安心し、清助から勧められた通りに手持ちの銭でお代わりの蒸籠を二枚、三枚と、ついつい頼んでしまったのだ。

旺盛な食欲を発揮し始めた純三郎を置いてきぼりにして、店の裏口から表に出た清助が向かった先は根津権現前。

門前の辻番所に乗り込んで、直《じか》に留蔵へ脅《おど》しをかけるためだった。

純三郎の捕縛については、ひとまず保留にしたのである。

清助は、臨機応変に物事を考えることが出来る質《たち》。

若い頃から凝り固まった思考はせず、場面場合に応じて事を判じ、常に次善の策を用意しながら行動を取るのが常だった。

今日も純三郎の隙を突き、抜かりなく動いていた。

それも若い相手の甘さにつけ込み、単に裏を掻いただけではない。

純三郎にこだわるばかりでは埒《らち》が明かないと、かねてより気付いていたのだ。

手始めに新入りを捕らえた上で、古株の裏稼業人どもを引きずり出そう。

当初は斯様に考え、最初に純三郎と接触を図った。

しかし、純三郎は意外と手玉に取りにくい。

今し方のように簡単な騙《だま》しには引っかかるが、揺さぶりには強い。

尾行し続けるうちに倦《う》み疲れて心身の均衡が崩れ、自棄《やけ》を起こして抵抗してくるのではないかと期していたが、なかなか冷静だった。

あちらから立ち向かってくれれば、お縄にする大義名分が出来る。身柄を押さえた上でじっくりと尋問し、仲間をおびき出すことも可能だろう。

ところが、純三郎は騒がない。

むやみに慌てぬばかりか、独りだけ江戸から逃げ出そうともせずにいる。

思った以上に腹が据わっているのだ。

かくなる上は、元締と目星を付けた留蔵を先に捕らえてしまったほうが話は早いのではないか。清助は、そう思い立ったのである。

幸いにも相手は日がな一日、辻番所に詰めている。万が一にも抵抗すれば、屋内で手捕りにしてやればいい。出来るだけ騒ぎを起こしたくはなかったが、町の人々を巻き込む恐れさえなければ、悪党相手に無茶をしても構うまい。

それは捕物をする上で、清助が己自身に課した掟《おきて》であった。

この掟に従って四十年、上は旗本から下は掏摸や置き引き、かっぱらいといった小悪党《わる》に至るまで、さまざまな悪を裁きの場に引きずり出してきた。

裏稼業人を相手取るのは初めてのことだが、臆するには及ぶまい。

相手は薄汚い、欲得ずくの連中なのだ。

江戸の平和を護る義賊《ぎぞく》の如く語り伝えられていながら、詰まるところは金で殺しを請け負うだけの、外道であると清助は見なしていた。

本当に弱者の無念を晴らし、平和のために悪党を退治しているのであれば、報酬など一文たりとも受け取らず、事を為していればいい。

いずれにしても御法破りの所業であり、お縄にしなくてはならなかったが、商いとして殺しを営んでいながら義賊扱いをされるとは笑止千万。

町奉行所さえ健全に機能していれば、裏稼業人など無用の存在。

同じ公儀の組織である火付盗賊改《ひつけとうぞくあらため》さえ邪魔だというのに、御法破りの殺し屋どもにまでお株を奪われては、たまったものではない。

江戸にどれほどの数の裏稼業人がいるのかは定かでないが、まずは純三郎たちの化けの皮を剥《は》いで、世間に正体を晒《さら》してやりたい。

それに今一つ、許せないことがあった。

純三郎は思い上がりも甚だしい若者だ。

浪人同然でありながら、本気で幕臣になろうと志している。江戸への異常なまでの執着の為せる業《わざ》なのかもしれないが、何とも腹立たしい。

あの思い上がりを叩き潰してやりたい。

世の中はそんなに甘くないことを、骨身に染みさせてやりたい。

太平の世において武士らしく有り続けるのが如何に難しいのか、じっくりと教え込んでやるのだ。

そんな暗い感情も、裏稼業人狩りに手を着けた清助の原動力となっていた。

溜飲を下げることが手柄につながれば、一石二鳥というものだ。

何としても裏稼業を潰す。

この機を逃さず、現役最後の手柄を立てるのだ。

己のためではなく、大切に想う者のために――。

北町の蝮は意を決し、悠然と根津の通りを進み行く。

還暦の間際まで大江戸八百八町を護ってきた揺るぎない自負の下、裏稼業人たちを追い詰めるべく、次なる行動に及ばんとしていた。

有《う》情《じょう》の父子《おやこ》十手《じって》

一

根津権現は、今日も参詣《さんけい》の善男善女で賑《にぎ》わっている。

表門の前に拡がる門前町も、行き交う者が絶えなかった。

と言っても、男女の二人連れや親子は足早に通り過ぎるばかり。母親はわが子の耳目《じもく》を塞《ふさ》ぐのに余念がない。

「どーしたのさ、おっ母《か》ちゃん？」

「しーっ。いいから目をつむってな！」

通りに面して妓楼《ぎろう》が軒《のき》を連ねており、色っぽく装った女たちが道行く男の袖を引いているとなれば、無理もあるまい。

六代家宣《いえのぶ》公の産土神《うぶすながみ》として将軍家に所縁《ゆかり》の深い根津権現だが、その門前町は江戸有数の岡場所としても知られていた。

天下の吉原遊廓《よしわらゆうかく》に迫る勢いを誇った往年の人気には及ばぬまでも、昼日中から足を運んでくる遊客が引きも切らず、本丸老中の水野越前守忠邦《みずのえちぜんのかみただくに》は江戸の風紀を乱す元凶《げんきょう》のひとつと見なしていたが、奢侈《しゃし》と遊興に理解の深い家斉《いえなり》公が将軍の座に在るために、取り締まりもままならない。

そんな上つ方の思惑はどうあれ、門前町は今日も活気に満ちている。

脂粉《しふん》の香る色町には、酒食の美味《うま》い店が多い。

根津権現の門前町で評判の『あがりや』も、そんな名店のひとつである。

不景気続きの最中に手頃な値で結構な酒肴《しゅこう》を堪能《たんのう》でき、しかも女将《おかみ》が年増ながら気さくな美人と来れば、客足が絶えないのもうなずける。

その小体《こてい》な店構えは、昔からほとんど変わっていない。

もっと儲《もう》かるのだから商いを拡げればいいと勧める声は多く、融資の話も絶えなかったが、佐吉夫婦は無理をすることなく、堅実な商いに徹していた。

分を越えて稼ぎまくるよりも、常連一人一人に行き届いた接客をしたい。

女房のお峰と共に『あがりや』を営む上で、佐吉は斯様に心がけていた。

今日も潑剌《はつらつ》と板場に立ち、仕込みに取りかかっている。

土間には飯台と腰掛け代わりの空き樽が整然と並べられ、床の掃除と雑巾《ぞうきん》がけも済んでいた。

「すまないねぇ、お前さん……」

甲斐甲斐しく立ち働く亭主の背中に向かって、寝間着《ねまき》姿のお峰は申し訳なさそうに呼びかける。

目鼻立ちのくっきりした顔が、熱を帯びて火照《ほて》っていた。

高い鼻が赤くなった様も痛々しい。

風邪を引いていながら店のことが気にかかり、床《とこ》を抜け出してきたのだ。

「何か手伝わせておくれな……ごほっ……おかげで加減もいいんだから……さぁ」

「そうは見えねぇぜ。こっちはいいから、横になってな」

咳《せき》を堪えながら板場に立とうとするお峰を、佐吉はそっと押しとどめる。

無理をさせれば当人はもちろん、客にまで迷惑がかかってしまう。

気持ちは分かるが、今日のところは大人しくしていてもらいたい。

一歳下の女房は、佐吉とは幼馴染みの間柄。

同じ長屋で育った二人が所帯を持って、今年で三年。

佐吉は十手を包丁に持ち替え、いつも甲斐甲斐しく腕を振るっている。捕物と違って勝手が分からなかった客商売にもすっかり慣れ、今では仕込みから調理まで器用にこなす。

そんな佐吉にも、苦手な献立がひとつある。

未だに女房に任せざるを得ないのは『あがりや』名物の煮染《にし》めだった。里芋《さといも》と人参《にんじん》、厚揚げと蒟蒻《こんにゃく》、干し筍《たけのこ》を炊き合わせた特製の煮染めは、作り置きのできる酒肴として、お峰が一人で店を始めた頃から供してきた逸品。捕物御用一途《いちず》だった当時の佐吉も客として訪れるたびに晩酌のお供にするだけでなく、飯のおかずとしても堪能していた。

しかし、食べ慣れた味も自分で作るとなると勝手が違う。

今日のようにお峰の体調が優れず、板場に立てないときにはやむなく代わりに拵えているものの、常連の客たちの評価は手厳しい。

ところが奥の小座敷でくつろぐ、若い男の反応は違っていた。

「すみませんねぇ若旦那。女房が急に寝込んじまったもんで、何もお構いできずに申し訳ありやせん」

「気にするには及ばぬ……こちらこそ、口開け前から上がり込んで相済まぬな」

「とんでもありやせん。どうぞ、ごゆっくりしてってくだせぇ」

「かたじけない」

端整な顔を綻《ほころ》ばせ、男は微笑む。

酒ではなく、土瓶《どびん》に汲《く》んでもらった番茶を手ずから注いで飲んでいた。

鼻筋がきれいに通っており、目元も涼しい。

まさに役者のような、それも女形《おやま》が似合いそうな造作だった。

板場に戻った佐吉を見送り、男は箸《はし》を取る。

「うむ……いい味だ」

酒肴ならぬ茶請けに供してもらった煮染めを、男は美味そうに嚙み締める。

里芋と人参、厚揚げと蒟蒻、そして干し筍を順々に味わっていた。

筍は掘り立ても格別だが、天日に干すと味わいが一変する。

生とは違った歯ごたえと旨味《うまみ》がたまらない干し筍を入れた煮染めは、この男の大好物。他の客たちには不評な佐吉の煮染めも、お峰が拵えたものと変わることなく堪能してくれる。

包丁さばきと違って、なぜ煮物の腕は上達しないのかと悩みがちな佐吉にとっては嬉《うれ》しいことであり、口開け前に上がり込まれても敬遠せずに、もてなしたくなるのも当然だった。

「乾物とは不思議なものだな。陽に当てて干し上げただけで、斯くも味わいが深くなるとは……な」

仕込みが一段落して再び顔を見せた佐吉は、無邪気な言葉にふっと微笑む。

「そいつぁお武家様も同じじゃないんですかい、若旦那」

「どういうことだ、佐吉」

「知り合いの若いさむれぇから聞いたんですがね、御来光を毎日拝んで武運長久《ぶうんちょうきゅう》を願いなさるのが、戦国の昔からの習いってやつなんでござんしょう？」

「ははは、そのことか」

男は楽しげに笑った。

「成る程な……筍も人も芯《しん》が強うなるのは、いずれもお天道様のお恵みに違いあるまいよ」

干し筍をつまんで微笑む男の装いは、黄八丈《きはちじょう》の着流しに黒羽織。

正座した右膝の脇に黒鞘の定寸刀を横たえて、脇差のみを帯びている。

後ろ腰には緋房の十手を差していた。

座っているときは抜いておけばいいのに、裾がめくれて丸見えだった。

この男、十手を携帯し慣れていないだけではない。動きやすくするために羽織の裾を巻いて帯に挟む、廻方同心に独特の着こなしである巻羽織そのものが、まだ板に付いていないのだ。

「ちょいと失礼しやすよ、若旦那」

気付いた佐吉は男の後ろに回り、そっと羽織の裾を直してやる。

「むむっ、またやってしまったか」

「そのうちに慣れますよ」

恥じ入る男に、佐吉は優しく告げる。

一人前の同心らしからぬのも、無理はあるまい。つい先頃に配属先が決まるまで見習いとして、裃《かみしも》姿で研修続きの毎日だったのだ。

斎藤重太郎《じゆうたろう》、二十歳。

北町の蝮こと斎藤清助の一人息子である。

といっても、実子ではない。

殉職した同僚の忘れ形見を、清助は養子に迎えていた。

いかつい悪党面の清助と違って品が良く、亡き父親譲りの整った目鼻立ちをしている重太郎は、箸の運びも上品そのもの。

清助ならばせっかくの筍が半煮えだの、もっと気を入れて拵えろだのとあれこれ嫌みを言ってくるに違いない。

だが重太郎は先程から文句ひとつ口にせず、お峰の味には遠く及ばぬ、佐吉の煮染めを美味そうに食してくれている。

そんな若者に苦言を呈するのは、佐吉としても心苦しい。

しかし、今日こそ告げるべきだと心に決めていた。

「よろしいですかい、若旦那」

「うむ。良き味だぞ」

「煮染めじゃありやせん。お役目のこってさ」

「……何のことだ、佐吉」

「失礼を承知でお尋《たず》ねしやすが、もしや若旦那はあっしのことを見張れって蝮……いえ、斎藤の旦那から言いつかっていなさるんじゃありやせんかい？」

「馬鹿《ばか》を申すでない。私はただ、そなたの店で休ませて貰《もろ》うておるだけだよ」

「だったら、何もうちじゃなくてもよろしいんじゃ……」

「迷惑をかけて相済まぬ。手許不如意《てもとふにょい》で、行くところがないものでな」

「暇つぶしをなさるんなら、湯屋《ゆや》の二階だっていいじゃありやせんか」

「さもあろうが、町の衆から将棋《しょうぎ》に誘われたり、ばれ話（猥談《わいだん》）に付き合わされるのがどうにも億劫《おっくう》でな……どうやら、私は廻方には向いておらぬらしいよ」

顔立ちと同様に優美な手を打ち振り、重太郎は微笑む。

佐吉の探りをやんわりとかわした上で、今日も日が暮れるまで店に居座るつもりらしかった。

重太郎が何のために日参するのか、佐吉は察しが付いていた。

それなりに長い付き合いであればこそ、何を考えているのか分かるのだ。

佐吉と重太郎は五年前、湯島の森で御家人の馬鹿息子どもにいじめられていたのを通りすがりに助けて以来の仲。

父親の清助は十手を握っていた頃から苦手な佐吉だが、その息子に懐《なつ》かれたのは悪い気分ではなく、お峰も可愛がっていた。

酒が呑《の》める歳になった重太郎は時折『あがりや』にも顔を見せるようになり、店の料理、とりわけ干し筍入りの煮染めが好物なのも芝居ではない。しかし、この半月ばかりの行動はどこかおかしい。

くつろいでいるようでいて、酒は一滴も口にしない。

長居をするにも関わらず、今日も注文したのは番茶と一碗の煮染めのみ。

勘定はあらかじめ、まとめて渡されていた。

その額が、何と一両。

吉原で登楼して酒を頼み、台の物と呼ばれる料理を張り込めば一晩と保《も》たない額だが、いつも番茶と煮染めしか頼まない重太郎が『あがりや』に毎日通ったところで一月どころか、半年かけても無くなるまい。

つまり、重太郎はそれほど長きに亘《わた》って、昼日中からだらだらする気なのだ。

そもそも奉行所勤めがあるはずなのに、解《げ》せないことだった。

本気で勤めを怠って涼しい顔をしているとも思えない。

もとより重太郎は真面目《まじめ》な質。

何であれ、責を果たすのを放棄する若者ではないはずだ。

幼い頃から剣術の稽古より学問を好み、奉行所に出仕し始めるまで昌平黌に熱心に通っていて、格上の旗本や御家人の子弟から嫉妬《しっと》されるほど優秀だった。同心の役目に就いたために休学を余儀なくされたものの、三年後に実施される学問吟味に向けて寸暇《すんか》を惜しみ、今も勉学に励んでいるという。

そんな生《き》真面目な青年が勤めを怠り、昼日中から何もせずに、無駄な時を過ごす理由など有り得まい。

思い当たる理由は、ひとつしかなかった。

息抜きに来た振りをして、重太郎は佐吉の行動を監視しているのだ。

「うーむ、少々眠気が差して参った……ちと横にならせて貰《もら》うぞ」

わざとらしく欠伸《あくび》をすると、重太郎は羽織を脱ぐ。

後ろ腰から抜いた十手を刀に添えて横たえ、畳《たたみ》の上に仰臥《ぎょうが》する。

いつもの狸寝入《たぬきねい》りである。

こっそり店を抜け出そうとしてもすぐに気付かれ、呼び止められるのがオチだと佐吉は承知の上だった。

剣術はもとより同心に必須の捕物術も不得手な重太郎だが、岡っ引きとして年季の入った佐吉が舌を巻くほど執拗であり、片時も目を離さない。下戸《げこ》でもないのに一滴も酒を呑まずにいるのも正気を保ち、本当に眠り込んでしまった隙に佐吉が辻番所へ駆け込むのを防ぐために違いなかった。

指示を出しているであろう清助にも困ったものだが、生来の勤勉さを誤った方向に発揮する重太郎にも腹が立つ。

たとえ親しい仲とはいえ、半月も見張られていてはうんざりする。

幸いにもまだお峰は異変に気付いておらず、若旦那はどうしなすったのかねぇと気に懸ける程度だったが、余計な心配をさせておきながら重太郎が涼しい顔をしているのも腹立たしい。

（けっ……北町の蝮も、いい後継ぎに恵まれなすったもんだぜ……）

胸の内で毒づくと、佐吉は板場に戻っていく。

相手が素直で好もしい若者なのは事実であるし、他の客には不評な佐吉の煮染めを喜んで食べてくれるのも嬉しいことだ。

されど、しつこく張り付かれては堪《たま》ったものではない。思わず舌打ちを漏らしてしまったのも、無理からぬことだった。

苛立《いらだ》たしさを押し殺し、佐吉は板場に戻っていく。

一方の重太郎は座敷で仰向《あおむ》けになったまま、じっと耳を澄ませていた。

佐吉の舌打ちも聞き漏らしてはいない。

無礼を咎《とが》めなかったのは、嫌がられて当然と思えばこそ。

年上ながら親しい友に煙たがられるのは悲しいことだが、父の言う通りに行動し続けている限り、いずれはこうなるだろうと予期していた。

父親に愚痴をこぼしたところで、甘いことを言うなと一喝されるだけだろう。

清助は町の人々に気を配る反面、ひとたび疑った相手には幾らでも迷惑をかけて構わないと考える質だからだ。

元は名うての岡っ引きでありながら裏稼業人との繋《つな》がりが疑われ、要注意人物と見なした佐吉に対しても、もはや清助は手心を加えるつもりなどない。

息子に見張りを命じたばかりか近所の店々のあるじたちにも因果を含め、不審な点があればすぐに知らせるようにと、密かに指示を出してある。

それは佐吉の人望の深さを計算に入れた、老獪《ろうかい》な作戦だった。

頭が切れて腕が立ち、おまけに男ぶりも良い佐吉だが、誰からも等しく慕われているわけではない。現役の岡っ引きだった頃にも嫉妬する者は多く、危うく無実の罪を着せられそうになったこともある。

十手を捨てて『あがりや』の亭主に収まり、さすがに命まで狙われることはなくなったものの、同じ門前町で居酒屋や飯屋を営む者にしてみれば、店の人気が妬《ねた》ましい。かつては界隈の治安を護ってくれる、頼りになる岡っ引きの親分として支持したものの、今や商売敵《がたき》としか見なしていない。

そんな人の心の汚さと弱さを、清助は利用したのだ。

重太郎が帰宅した後も監視を続けるために、抜かりなく段取りを付けたのだ。

彼らを巻き込んだことは、辻番所一党に今年の春から加わったと目される、土肥純三郎という若者を尾行する上でも都合が良いらしい。

たとえば、急に走り出して清助を撒《ま》こうと試みたところで、目が届く根津界隈であれば店々のあるじたちが行き先を突き止めて、すぐさま清助に知らせる段取りになっているという。

見張りを命じられた店々のあるじたちも、子細《しさい》までは明かされていない。詳しい事情はどうあれ、佐吉が町奉行所から咎めを受けて『あがりや』の商いが左前になってくれれば、それでいいのだ。

斯様な真似をさせる清助こそ、実は一番汚いのではないか――。

そう思わずにいられない重太郎だが、異を唱えるわけにはいかなかった。

家庭においては父と子だが、同心としては大先輩。

悪党を捕らえるための相棒に選ばれた以上、何事も指示に従うしかない。

やむを得ず佐吉の見張りを続けながらも、重太郎は疑問を日々募らせるばかりであった。

この半月、佐吉の行動に怪しい点は何もない。

辻番所に近付こうとするでもなく、言伝《ことづて》を誰かに託そうともしない。

重太郎ばかりか界隈の店々のあるじたちまで見張っているのに気付き、自重してのことかもしれなかったが、濡《ぬ》れ衣《ぎぬ》だったとすれば申し訳ない限りである。

そのときは、清助に詫びてもらうしかないだろう。

悪を見逃さぬ正義感の為せる業とはいえ、つくづく始末に負えない。

願わくば一日も早く、隠居をしてもらいたかった。

北町の蝮と異名を取るほど悪党どもを恐れさせ、手柄も十分に立てたのだから欲張ることもないはずだ。

最後の花道を飾ろうとして、命を落としては元も子もあるまい。

何しろ、相手は裏稼業人なのだ。

金ずくで人を殺す、無頼の連中なのだ。

そんな奴らと事を構え、逆に命を狙われてしまっては堪らない。

ならば強いて捕らえようとするよりも、いっそのこと野放しにすればいいのではないか。御法破りの無頼の徒にも、生かしておく値打ちがあるのではないか。

見習いとはいえ廻方同心として表立っては口にしかねることだが、重太郎はそう考えていた。

裏稼業人は、考え方次第では便利な存在。

事を為せるだけの腕があればの話だが、町奉行所は手が出せない上つ方——大老《たいろう》や老中といった幕閣のお歴々の命さえ、必要となれば奪ってのける連中なのだ。

北町の蝮と異名を取った清助も、出来ることには限りがある。

動かぬ証拠を揃えて目付に訴え、悪行に及んだ旗本や御家人の罪を問うばかりか大名家に仕える藩士の犯罪も数多く摘発してきたとはいえ、一方では上つ方のごり押しで裁きを覆され、事件そのものを闇に葬られたことも多々あった。

そんな真似をする一方で幕府は旗本や御家人を、大名は藩士を、自分たちの都合が悪いときは容赦なく罪に問い、蜥蜴《とかげ》の尻尾《しっぽ》切りで口を封じるのを憚らない。

それがお偉方の実態であり、下っ端はいつも振り回されるのが宿命。

一介の同心では、やはり巨悪は追及し得ない。

町奉行所、ひいては幕府という組織に属する限り、上には逆らえないのだ。

されど、裏稼業人にはそれが出来る。

公儀の威光とは無縁であるからこそ、可能なのだ。

斯様に割り切り、見て見ぬ振りをしていればいいのではないか。

断罪されてしかるべき悪党が裁きを逃れ、何も出来ずに悔しい思いをさせられるよりは、そのほうがずっといい。

しかし、清助は一度も聞く耳を持たなかった。

重太郎の意見を一笑に付し、大それたことなど考えずに、黙って自分を手伝っていればいいのだとしか言わない。裏稼業人は金ずくで相手構わず命を奪う、それも弱者を手にかける悪しき存在と決め付けて、潰すことしか頭にないのだ。

清助の考えには根拠があった。

事を始めるに先立って、裏稼業人の仕業と見なされる過去の殺しの記録を余さず洗い出し、その上で留蔵と田部伊織、土肥純三郎に目を付けたのである。

父親の相棒として駆り出された重太郎も、例繰方《れいくりかた》から出してもらった過去の記録はすべて閲覧ずみ。

たしかに資料を見る限り、裏稼業人は碌《ろく》なことをしていない。

何者が手を下したのか分からない、不審な殺人事件のほとんどは武家と町家の別を問わず、背景に醜《みにく》い家督争いがあった。

愚かな息子や嫁に家財を渡すまいとした隠居、あるいは富裕な当主が亡くなった後に残された妻子が、証拠を残さぬ巧妙な手口で亡き者にされてしまった事件は実に多い。三十俵二人扶持《ぶち》の斎藤家には無縁なことだが、そこまでして人様の財産を手に入れたい、腐った手合いが多いのだ。

かかる外道から依頼を請け負う裏稼業人など、最低の輩と言うしかあるまい。

だが、この手の事件に辻番所一党が絡んでいるとは考えがたい。

頭目と見なされる留蔵はもとより、伊織と純三郎も、揃いも揃って人がいい。留蔵が界隈で起きた喧嘩の仲裁をしたり、行き倒れや酔っ払い、捨て子や迷子を保護するのは辻番の役目として当然のことだが、根津権現に参詣する人々にも日頃から気を配り、厄介《やっかい》ごとに巻き込まれぬように目を離さずにいる。

そんな留蔵を伊織と純三郎は無償で手伝っており、明らかに裏稼業とは関わりのない雑用にも、労を厭《いと》わずにいた。

金稼ぎの仲間以上の絆で結ばれていなくては、こうは出来まい。

金ずくで人殺しを引き受け、しかも女や子ども、年寄りを迷わず手にかける非道な集団であるとは、とても考えられない。

清助にも再三に亘って、意見をしたことである。

にも関わらず、清助は追及の手を緩《ゆる》めようとはしなかった。

日向小文吾に阿部勘平、さらには南町の不良同心だった北川《きたがわ》左門《さもん》を死に至らしめたと目される裏稼業人の根城は根津権現前の辻番所と見なし、早ければ今日のうちにも乗り込むつもりだという。

重太郎は再び箸を取り、残りの煮染めを黙々と食べ終えた。

とぼけた声で、板場に向かって呼びかける。

「佐吉、茶のお代わりを頼む」

「……へーい」

明らかに面倒臭げな返事であった。

萎《な》えているのは佐吉だけではない。

重太郎自身、清助に振り回されることにうんざりしていた。

二

その頃、清助は行動を起こしていた。

「久しぶりだな、爺《じい》さん。こんな面《つら》ぁ拝みたくもねぇだろうが、あいにくと御用の筋なんでな……ちょいと邪魔させてもらうぜぇ」

案内《あない》も乞《こ》わずに上がり込み、にやりと悪党面に笑みを浮かべる。

辻番所は町人地の自警のため、通りの角地に設けられた番小屋である。

各町内から選ばれた番人が詰めて警戒に当たるのは同じでも、自身番屋と違って火の見櫓《やぐら》など付設されていない。

入口の脇に捕物三つ道具と呼ばれる突棒《つくぼう》、刺叉《さすまた》、袖搦《そでがら》みが立て掛けられ、軒先《のきさき》に高張提灯《たかはりぢょうちん》が吊《つ》られていなければ、吹けば飛ぶような小屋にしか見えまい。

みすぼらしいのは番人も同様で、自身番屋のように地元の若い衆が交代で出入りすることなど皆無に等しい。

武家地に設けられた辻番所の場合、近隣の大名や旗本が家中の足軽《あしがる》に番人をやらせるので話は別だが、町人地では身寄りも行き場もない年寄りが雀《すずめ》の涙ほどの給金で雇われ、形だけ置かれているのがほとんどだった。

もしも町内で事件が起きたときには自身番が何とかするので、辻番はとりあえず通りの見張りだけしてくれていればいい。そんな位置付けであった。

正面には三尺（約九〇センチメートル）張り出しの式台《しきだい》があるが、わざわざ駕籠で乗り付ける者などいない。

専《もっぱ》ら縁側《えんがわ》代わりに用いられている式台は裏稼業の相談をするとき、入口を塞ぐ形で伊織と純三郎が座る定位置である。

寛永《かんえい》の昔に辻斬り対策で設けられて以来、往来で何か異変が起きたときに速やかに対処するのが辻番所の役目。表の通りに面した障子《しょうじ》は昼夜の別を問わず、開けたままにしておく決まりとなっている。

辻番の務めを果たす上では当然だろうが、人知れず事を為す悪党退治の相談が丸聞こえでは具合が悪い。

際立って大柄な弥十郎や誠四郎がいた頃には、一人だけ式台に座ってもらえば事足りたが、伊織も純三郎も並なので、二人して入口を塞《ふさ》いだ上で膝隠しの衝立《ついたて》も立てておき、表通りからの視線を遮《さえぎ》るのが常。

しかし今は狭い屋内も、中に座った留蔵の姿も丸見えだった。

不意を突かれた留蔵は、孤立無援であった。

「あーあ。辻番所ってのは、どこも狭苦しくっていけねぇや」

行く手を阻む衝立を鬱陶《うっとう》しげに押しのけ、清助は奥へと入り込む。

奥と言っても、二間きりの小屋である。

手前の畳の間は、住み込みの留蔵が寝起きする場所も兼ねていた。

さらに奥にある板の間は、捕らえた者を町奉行所に引き渡すまで留め置くための空間。留蔵も日頃は使わぬため、仕切りの障子は閉じてある。

畳の間も板の間も、広さは三畳。

たしかに狭く、布団も畳んで隅に寄せただけでは場所を取るばかりなので、留蔵は夜着《よぎ》と一緒に風呂敷にまとめ、太い綱《つる》で天井の梁《はり》から吊してある。

「つたく……こんなとこで暮らしてて、よく息が詰まらねぇもんだなぁ」

「雨露が凌《しの》げるだけでも、年寄りにゃ過ぎた住まいなんでさ」

突然の訪問に動じることなく、清助に応じた留蔵は当年六十七歳。

身の丈は五尺一寸（約一五三センチメートル）足らず。

小柄だが四肢《しし》は程よく引き締まり、腹も出ていない。

腰が伸びているので、年寄りらしからぬ精悍な印象を与えられる。

均整の取れた短軀《たんく》に着流しをまとい、裾をはしょって後ろ腰に挟んでいた。

締まった腹にきっちり締め込んだのは本場博多《はかた》の茶献上《ちゃけんじょう》。博多帯と言いながら実は武州《ぶしゅう》で量産されている紛《まが》い物と違って、古びても本物ならではの格がある。

貧乏そうに見えて本物志向なのは、かつて羽振りのいい時代があればこそ。

留蔵は十代半ばで上州を離れて江戸に居着き、若い頃は根津界隈の盛り場で大いに名を売った遊び人。博奕《ばくち》はしても非道はせず、界隈の揉め事の始末をすることもしばしばで、堅気《かたぎ》の衆からも慕われていたものだった。

しかし、人は誰でも歳を取る。

五十を過ぎても独り身のまま寄《よ》る辺《べ》がなく、一家を構えていたわけでもない留蔵は辻番の親爺に落ち着いた。それから二十年近くの間、この辻番所で働きながら人知れず、裏稼業を営んできたのである。

伊織と二人きりで長らくやっていたところに、弥十郎、誠四郎、そして純三郎と若い仲間が入れ違いに加わり、今日まで悪党退治を続けてきた。

そんな絆も固い辻番所一党の前に、かつてない強敵が立ちはだかったのだ。

過去に返り討ちにしてきた連中と違って清助が厄介なのは、裏稼業を潰す目的が我欲《がよく》を満たすためではないことだった。

純三郎がここ数日、無言の内に警告を発していたのに気付き、辻番所から動けぬ自分に代わって伊織に調べを付けてもらったところ、清助はあくまで町方の一同心として、役目の上で事を為すつもりらしい。

自らの手柄にするのは当然としても、先頃に純三郎が仕留めた日向小文吾、さらにさかのぼれば弥十郎が初仕事で仕掛けた北川左門と違って、私利私欲を満たそうとは最初《はな》から考えていないのだ。

役人としては立派であり、見上げたものと言えようが、これから対決する立場の留蔵たちにとっては、甚だ厄介なことである。

利を得るために動く、欲に惚《ほう》けた者は往々にして脇が甘い。

絶対の自信を持っているようでいて隙が多いので、左門や小文吾の如く闇に葬るのも不可能事ではないだろう。

だが清助には隙がなく、いつも自然体でいながら警戒を怠らずにいる。

ぎょろりとした双眸をむやみに開かず、半眼で周囲を見やりながら腰を下ろす。

座るときも、無防備に上体を前にのめらせることはしない。

土俵入りした力士の如く背筋を伸ばし、腰だけを落としていく。

大胆にも単身で乗り込んできただけあって留蔵はもとより、奥の板の間に身を潜めていた伊織にも、付け入る隙は見出《みいだ》せなかった。

(あやつ、出来るな……純三郎が音《ね》を上げたのも無理はあるまい)

気配を殺したまま、伊織は胸の内でつぶやく。

田部伊織は当年四十三歳。故あって東北《みちのく》の某藩から幼い娘を連れて脱藩し、追手から逃れて諸国を流浪した末に江戸まで辿り着き、根津に居着いて十余年になる。

愛らしかった娘の美代《みよ》は臈長《ろうた》けた人妻となって久しく、子ども向けの私塾を営む娘婿の加納久馬は甲斐性十分。父の代からの浪人でありながら儒学者として将来を嘱望され、御上《おかみ》の思《おぼ》し召しで昌平黌の教授方にいつ抜擢されてもおかしくないほど学識が高いとの評判に違《たが》うことなく、教え方も上手かった。

指南を頼んでくる親たち、とりわけ豪商からの依頼は引きも切らず、世の不景気をよそに家計は安泰。残念ながら子宝にこそまだ恵まれぬものの、天からの授かり物を急《せ》いて求めてはなるまいし、焦ることなく待てばいい。

かつては日がな一日路傍《ろぼう》に座し、能の謡本《うたいぼん》（台本）を吟《ぎん》じて道行く人に銭を乞う辻謡曲《うたい》を生業《なりわい》にして父娘二人の食い扶持を稼ぎ、乏しい実入りを補うために裏稼業に手を染めた伊織だったが、甲斐性のある婿を得たおかげで、派手な贅沢こそ出来なくても日々の暮らしに追われることのない、楽隠居となって久しい。

もはや裏稼業など続けなくても、まったく困りはしないのだ。

それでも、留蔵との間に育まれた絆は変わらない。

伊織自身が、離れようとせずにいるのだ。

男手ひとつで幼い娘を抱え、最も苦しかったときに救いの手を差し伸べてくれた恩に報いるためにも、こたびの窮地に見て見ぬ振りをするわけにはいかなかった。

伊豆での湯治から戻って早々、純三郎の様子がおかしいことから北町の蝮の存在を察知した伊織は、辻番所に毎日通っていた。

暇つぶしの将棋に付き合うと娘夫婦に言い訳をして家を空け、実のところは護衛役として辻番所の奥の板の間に身を潜め、清助がいつ現れても立ち向かえるように備えていたのだ。

そして今日、ついに清助が乗り込んできた。

思った通りの成り行きだったが、伊織は動けない。

端整な顔が曇っているのは、気付かれた恐れがあればこそだった。

その清助は留蔵と向き合い、刀を左横に置いて座っていた。

相手が格下の町人でも、いつでも刀を抜ける態勢で向き合うのは無礼なこと。

しかし、清助は悪びれた様子など見せなかった。

「すまねーがこのまんま、抜打座《ぬきうちざ》でいさせてもらうぜ。今日びはいつ何が起きるか分からねぇ、物騒な世の中だからなぁ」

「……」

うそぶく相手に、留蔵は返す言葉を持たなかった。

清助は、伊織の存在に気付いていた。迫る危機を機敏に察知し、応じ得るだけの勘と技倆を、もとより備えているのだ。

清助は斎藤家の亡き先代が配下の密偵として抱えていた浪人で、見込まれて娘婿となった男。つまりは純三郎と同じ境遇から立身したのであり、頭が切れるだけでなく腕も立つ。留蔵と接する態度が尊大なのも、腕に自信があればこそだった。

「年寄りの冷や水は程々にしねぇと、元も子もなくなるぜ？」

にやつきながら告げた上で、持ち出したのは日向小文吾殺しの一件。

他ならぬ辻番所一党が以前に動き、始末を付けた事件であった。

「こんな狭苦しいとこに詰めていても噂《うわさ》ぐれぇは耳にしてるだろ、爺さん」

「聞いておりやす。日向の旦那も、大それた真似をなすったもんですねぇ」

「へっ、お前さんがそれを言うかい……」

清助はふっと笑う。

留蔵がとぼけるであろうことは、あらかじめ承知の上。

清助の悪党面に焦りはない。

じわじわと問い詰めて、口を割らせるつもりであった。

「まぁ、あの野郎が吉原の面番所《めんばんしょ》詰めをいいことに平野屋《ひらのや》とつるんで一儲け企《たくら》んでいやがったのは、町の噂通りよ。さるお大名のご家老が一枚噛んでいなすったことまでは、さすがに知られちゃいねぇだろうが……な」

「そんなお偉い御方が、ですかい？　初耳ですぜ、旦那」

「知らなかったってのかい、爺さん」

「当たり前でござんしょう」

「あくまで白《しら》を切ろうってぇのかい……ったく、面の皮の厚い爺さんだぜ」

カマを掛けたのが空振りし、清助は苦笑する。

「とにかくだ、あの夜にゃもう一人やられてるのよ。乗物で吉原へ急いでいなさる最中に、誰ともしれねぇ奴の馬針を喰らってな……一国の家老がそんな締まらねぇ死に方をしたとなりゃ、藩ぐるみで事を揉み消したのも当たり前だろうさ」

「ねぇ旦那、そいつぁもしかしたら、事が起きた夜に平野屋から逃げ出したってぇ花魁《おいらん》の仕業なんじゃねぇんですかい。聞けば武家娘だったそうですし、積もる恨みで行きがけの駄賃に命を頂戴《ちょうだい》するぐれぇのことはするでしょうよ」

「成る程な、そう来るかい」

にやりと笑うや、清助は続けて問いかける。

「それじゃ爺さん、日向の野郎とつるんで裏稼業人狩りをおっ始《ぱじ》めた連中が、同じ夜にまとめて引導を渡されるたぁ、出来過ぎだとは思わねーかい」

「え？　旦那、いま何ておっしゃられたんですかい」

「へっ、あくまでとぼけ通そうってのかい。ったく、食えねぇじじいだぜ……」

思い切り苦笑した清助は、部屋の隅に視線を転じる。

辻番所で独り暮らしの留蔵は、まめに家事をこなすのが苦にならぬ質。

掃除はもちろんのこと炊事もお手の物で、飯だけは近所の煮売屋《にうりや》に毎朝おひつを持参して分けてもらっているが、日々の食事の菜《さい》（おかず）は火鉢と七輪《しちりん》でサッと拵えてしまう。そんなまめまめしさを証明するかの如く、三畳間の隅には使い込まれた小ぶりの鉄鍋と俎板《まないた》、包丁に菜箸、そして晩酌の酒に燗《かん》を付けるのに欠かせぬ銅壺《どうこ》と碗に加えて箱膳が三つ、きちんと重ねて置かれていた。

しかし清助が目を向けたのは、手入れの行き届いた炊事道具ではない。

「おやおや、一杯《いっぺえ》になってるじゃねーか」

そう言って手を伸ばしたのは、古びた竹籠。

周りに貼られた目張りの紙も黄ばんだ、くず籠にしか見えぬ代物《しろもの》だ。

中に入っていたのも洟《はなみず》を拭いて丸めたと思《おぼ》しき、くしゃくしゃの漉《す》き返《かえ》し（再生紙）ばかりである。

「か、返しておくんなせぇ」

見られたところで困りはしないはずだが、留蔵は慌てて竹籠を取り返す。

抱え込んだ籠は、見るからに重たげである。

奪い取るときに、じゃらんと音がしたのを清助は聞き逃さなかった。

「へっへっへっ、中身がズッシリ詰まってるみてぇだなぁ……」

「何ですかい、旦那」

「耳が遠い振りなんぞは止めにしな、爺さん。お前さんが後生大事に抱えてる、薄汚ねー籠のことだよ」

「こ、こんなもんはただの古反故《ふるほご》入れでござんすよ」

「違うだろう。そいつぁ、恨みの銭を取っとくためのもんのはずだぜ」

清助は留蔵に躙《にじ》り寄り、耳許《みみもと》でささやきながら籠を取り上げる。

この籠が怪しいと知らせてくれたのは、重太郎である。立ちくらみがしたと見せかけて辻番所に入り込み、留蔵の隙を見て部屋の中を調べたのだ。

くず籠にしては妙に重たく、丸めた紙包みのひとつを開いてみると銭がくるんであったという息子の情報を踏まえて、清助は留蔵を追い込むつもりであった。

「おーおー、ほんとに目方があらぁ。世の中にゃ、こんなに恨みを晴らしてもらいてぇ奴が多いってことかい……」

籠の中を覗いてにやつく、清助の指摘は当たっていた。

悪党退治を望んでやって来る人々から託された銭を、留蔵は漉き返しにくるんで貯めておく。一人や二人から頼まれただけで、急いて仕掛けはしないのだ。

明らかな悪党が殺しの的であれば話は別だが、堅気が相手の場合は個人の間での逆恨みということが往々にして有り得るし、辻番所の裏稼業を暴くための罠だとも考えられるからである。

そこで留蔵は槍玉《やりだま》に挙がった相手が複数の者から繰り返し名指しされ、まとめてくるんだ銭の重みで漉き返しが破れそうになったときに仲間たちと諮《はか》り、裏付けを取った上で始末を決行する。最初に依頼した者の後に誰も続かず、調べてみても明らかな逆恨みだった場合には恨みの銭を一文残らず根津権現の賽銭箱《さいせんばこ》に投じ、頼み人の妄執《もうしゅう》が晴れるように祈りを捧げるのが常だった。

斯様なやり方が許されるのも、最初から殺しを請け負うと約束した上で銭を受け取るわけではないからだ。

留蔵に恨み晴らしを託す者は、誰もが半信半疑で手持ちの銭を置いていく。根津権現前の辻番所で愚痴を聞いてもらい、寸志を渡しておけば、遠からず願いが叶って悪党は冥土《めいど》へ送られる。そんな噂を耳にした人々は、疑いながらも一筋の光明を求め、根津まで足を運んでくる。

そうやって願いが聞き届けられても、依頼人から話が漏れることはない。老いた辻番の留蔵が、まさか茶代程度で事を為したとは思いもよらぬからだ。

これは神仏かが嘆きの声を聞き届け、悪党に罰を当ててくれたに違いない。

誰もがそう思い込み、もはや留蔵に会うこともなく、根津権現にだけお礼参りをしていくのが常だった。

それにしても、なぜ清助は籠のことを知っているのか。

当てずっぽうで指摘したとも思えぬからには、清助はあらかじめ調べを付けた上で乗り込んできたと見なすべきだろう。

純三郎が危惧《きぐ》する通り、確信を持っているのだ。

いずれにせよ、脅されていながら黙ってはいられない。

留蔵は、とぼけた様子で問い返した。

「さっきから何のことやらサッパリ分かりやせんが、旦那こそ程々になすったほうがいいんじゃねぇですかい」

「何だと？」

「息子さんも今年からご出仕なすっておられるそうじゃありやせんか。いつまでも北町の蝮なんぞと呼ばれていねぇで、早いとこ跡目を譲って差し上げなせぇよ」

「おい爺さん、それで脅してるつもりかい」

留蔵の警告を一笑に付し、清助は視線を転じる。

「そこにいるお前さんもだ。俺を大人しくさせたけりゃ、こそこそ隠れていねーで性根を据えて仕掛けてきな。いつでも相手になってやるからよぉ」

うそぶく老同心の視線は、間仕切りの障子に向けられていた。

影が映らぬようにして床に身を伏せ、留蔵が危なくなったときは飛び出すつもりでいた伊織の存在に、最初から気付いていたのだ。

留蔵に脅し文句を浴びせかけたのは、そのまま伊織にも聞かせるためだったと見なすべきだろう。

斎藤清助、恐るべし。

北町の蝮と呼ばれるのにふさわしい、勘働きの鋭さであった。

伊織はもとより留蔵も、返す言葉がない。

清助は、ずいと腰を上げた。

左脇に置いていた刀をたばさむ所作にも隙はない。

「またな、爺さん」

「……………」

沈黙を余儀なくされた留蔵に微笑みかけ、清助は去っていく。

伊織が奥に潜んでいるのに気付いていながら、ついに一度も障子を開けようとはしなかった。

その気になれば、いつ何時《なんどき》でもまとめてお縄に出来る。

絶対の自信があればこそ、今日のところは恫喝《どうかつ》するにとどめたのだった。

三

清助は近いうちに出直して、同じ脅しを繰り返すはず。

このままでは、新たな裏稼業の依頼を果たすこともままならない。

相手の狙いが純三郎ばかりか、留蔵と伊織まで一網打尽にすることなのが明白となったからには、もはや躊躇《ちゅうちょ》している余裕はない。

留蔵の呼び出しを受けた純三郎は、番所の式台に腰を据えていた。

表の通りに背を向けた形で座り、油断なく気を配っている。

釣瓶《つるべ》落としの秋の陽は、早々に沈んだ後だった。

今日のところは危機もひとまず去ったと見なしていい。清助はあのまま根津から離れたらしく、夜陰《やいん》に乗じて辻番所を見張る者は誰もいなかった。

しかし、まだ油断は出来ない。

放っておけば、同じことが繰り返される。

やはり、斎藤清助を何とかしなくてはならなかった。

あの男が大人しくならない限り、辻番所一党の裏稼業は立ち行かぬのだ。

清助には速やかに、引導を渡してやらねばなるまい。

町奉行所の同心、しかも蝮と異名を取った男を敵に回すのは避けたいが、向こうから挑んできたからにはやむを得まい。

では、誰がどうやって仕掛けるのか。

重たい沈黙の後、先に口を開いたのは純三郎だった。

「……ここは拙者に任せてくれぬか、おやっさん」

「どうしようってんだい、純の字……」

見返す留蔵の表情は複雑だった。

本来ならば、ここは仲間を束ねる立場として、自ら出張《でば》るべき局面であろう。

だが悲しい哉《かな》、老いた身で無理をしたところで太刀打ちできまい。

清助も還暦間近とはいえ、留蔵より遥かに腕が立つ。

町方では手が出しにくい直参旗本や御家人ばかりか、大名家に仕える藩士の犯罪まで摘発されるように巧みに事を運べるほど頭が冴えるだけでなく、剣術と捕物術の手練《てだれ》でもある。北町の蝮の異名も伊達《だて》ではないのだ。

留蔵とて短刀の腕前には自信があるが、若い頃と比べれば衰えて久しい。

隙をまったく見せない清助に強いて立ち向かったところで、いつものように不意を突いて仕留めるどころか、一刀の下に返り討ちにされるのがオチだろう。

心苦しくても、ここは純三郎に任せるべきだ。

伊織も同感であるらしく、口を挟まずにいた。

留蔵よりは腕が立つとはいえ、伊織とて若くないのは同じこと。

かつて身を置いていた大名の家中で剣術師範を務め、手裏剣術も併せ修めているものの、清助を出し抜くのは難しい。

日中に辻番所で対決しても確実に倒せたとは思えぬ以上、こたびの始末は若い純三郎に任せるべきだった。

タイ捨流の遣い手である純三郎ならば、勝機は十分にある。

他流派にない、軽業師ばりの体さばきで翻弄《ほんろう》すれば、北町の蝮といえども苦戦を強いられるのは必定《ひつじょう》。老いても手練とはいえ体力は衰えているに違いなく、息切れを誘った上で仕掛ければ、倒すのは可能なはず。

一人だけ死地に送り出すのは申し訳ない限りだが、純三郎の若さに期待を寄せて始末を託そう……。

そんな二人の想いに反し、純三郎は意外なことを言い出した。

「あやつを思いとどまらせる……伊織さんも、それで構わぬな」

「なんだってぇ？」

留蔵が呆気《あっけ》に取られた声を上げる。

伊織も、端整な顔に驚きの表情を浮かべていた。

一体、何を言い出すのか。

困惑する二人を見返し、純三郎は言葉を続ける。

「拙者はあやつを殺したくない……我らの裏稼業を潰したところで何の得もないと教えてやって、手を引かせたいのだ」

どうやら、純三郎は本気でものを言っているらしい。

「……なぁ、純の字」

呆れながらも、留蔵は口を開いた。

「お前さん、手前《てめえ》で何を言ってるか分かってんのかい」

「むろんだ」

即答する純三郎に迷いはなく、続く言葉も力強い響きを帯びていた。

「これまでに我らが為して参ったのは、いずれも私利私欲を満たさんがための所業には非《あら》ざることだ。なればこそ、裏稼業であっても誇りを持って戦える……左様であろう、おやっさん」

「そ、その通りさね」

「この誇り、北町の蝮も持っておるはずだ」

「だけどよ純の字、あいつは役人なのだぜ」

「なれど賄賂《まいない》には手を出さず、市中の民の評判もすこぶる良いではないか」

「そいつぁそうだが……」

「頼む。拙者は、あやつを空《むな》しゅうしたくはないのだ」

「純の字……」

頭を下げられ、留蔵は困惑を募らせずにいられなかった。

純三郎が言わんとすることは分かる。

町方同心も裏稼業人も、江戸の平和を護るために戦っているのは同じこと。

ならば張り合うことなく、上手く折り合いを付けられるのではないか。

純三郎は、そう言いたいのだ。

先だって返り討ちにした日向小文吾の如く、裏稼業を潰して出世を果たし、金も得ようと目論む薄汚い輩であれば、純三郎とて容赦はしないだろう。

しかし、清助には見どころがある。

胡散臭《うさんくさ》さをぷんぷん漂わせていても、実のところは高潔《こうけつ》なのだ。

追い詰められ、余裕がない状況の下で相手を褒めるべきではあるまいが、四十年もの間、清助が一片の私欲も持たずに悪を捕らえてきたのは事実。

そんな男に引導を渡してしまっても良いものか。

生かしておいたほうが、むしろ世の中の役に立つのではないか。

町奉行所全体に裏稼業の存在を認めさせるのは難しくても、せめて清助にだけは見て見ぬ振りをしてはもらえないだろうか。

昼下がりの蕎麦屋で見事にしてやられた後、純三郎は斯様に考えたのだ。

しかし、伊織は黙っていなかった。

絶句したままでいる留蔵に代わり、純三郎を鋭く見返す。いつも温厚な伊織らしからぬ、厳しい態度だった。

「甘いぞ純三郎。役人と裏稼業人が相容《あいい》れると、まさか本気で思うておるわけではあるまいな」

「そうだと申さば、何とする」

「ならば、おぬしは退《ひ》くがいい。後は私が引き受ける」

「え……」

純三郎は呆気に取られた。

叱《しか》り付けられると思いきや、早々に結論を出されてしまったからである。

対する伊織には、四の五の言うつもりなどなかった。

「おぬしに事を任せておいては、我らまで御用鞭《ごようべん》（逮捕）にされるのは目に見えておる……私はまだ、死ぬわけにはいかぬのだ」

「そ、それは拙者も同じことだ！」

「ならば黙っておれ」

当てにならないと見なした純三郎に対し、告げる態度は厳しかった。

「伊織さん。無茶はしねぇでおくんなさいよ」

留蔵が不安げに口を挟んでくる。

「任せておけ、おやっさん」

答える伊織の口調は頼もしい。

純三郎を黙らせた上で、今宵《こよい》のうちに行動を開始するつもりだった。

固めた決意は揺るぎない。

仲間たち、そして愛する家族のためならば、同心殺しも厭《いと》うまい。

そう心に決めていたのであった。

四

本郷の夜道を伊織が往《ゆ》く。

根津権現の裏門坂から本郷追分に出た、伊織の装いは墨染めの袷と馬乗り袴。以前から用いている、殺しの装束である。

刀は帯びず、脇差のみ帯前に差していた。

天正拵《てんしょうごしらえ》の脇差の櫃《ひつ》には、得物の馬針が納められている。

鞘の表裏に設けられた櫃に一本ずつ、合わせて二本を携行していた。

複数の敵が待ち受ける場所に乗り込むときには大小を帯びた上で、予備の馬針を何本も束ねて懐中に忍ばせておくのが常である。

しかし、こたびばかりは派手な立ち回りを演じるわけにはいかない。

夜陰《やいん》に乗じて馬針を投じ、一刺しで仕留めるつもりなのだ。

正面切って斬り合わず、不意打ちするのであれば身軽なほうがいい。

人知れず、速やかに、辻番所に危機をもたらさんとする同心を闇に葬り去る。

伊織は斯様に決意し、敢えて刀を置いてきたのだ。

だが、やはり清助に隙はなかった。夜の市中を見廻りしているのを見つけたものの、まったく油断をしていない。のみならず、やる気も十分だった。

「！」

後を尾けていた伊織が、さっと身を翻《ひるがえ》す。

闇を裂いて飛んできたのは万力鎖《まんりきぐさり》。

伊織に馬針を抜き打つ隙を与えず、清助は悠然と迫り来る。

「へっ……」

不敵な笑みを浮かべつつ、清助は間合いを詰めていく。

手許に引き寄せた鎖をじゃっ、じゃっと旋回させつつ、後ろ腰から抜いた十手を構えていた。

万力鎖を併用した捕物術は、清助の得意技。

鎖で相手を牽制《けんせい》しながら、十手を打ち振るうのだ。

わざと留蔵を挑発し、こちらから挑んでくるように仕向けたのも、たった一人で返り討ちにしてのける自信があればこそだった。

「行くぜぇ」

「く！」

伊織は辛くも脇差を抜き合わせた。

漆黒《しっこく》の闇の中、金属音が響き渡る。

歳を取っても力強いだけでなく、清助は夜目も利《き》く。

明かりを消した道場で立ち合う夜間稽古を繰り返し、若い頃から鍛えてきた伊織も同様だったが、還暦間近で同等に闇の中を見通せるとは尋常ではない。

視力だけではなく勘を働かせ、伊織の位置を捕捉したのだ。

「どうした？　あの若いのといい、裏稼業人ってのはこんなもんなのかい？」

清助は嵩《かさ》にかかって攻めてくる。

「お前さん、むかし辻謡曲をやってた浪人だろう。留の爺さんとこにちょいちょい出入りをしてたから怪しいと思ってたんだが、案の定だったなぁ。へっへっ」

うそぶく清助に対し、伊織は防戦一方であった。

この男、思った以上に腕が立つ。

しかも、なかなか抜け目がない。

「おらっ！」

老いを感じさせない力強さで、清助は万力鎖をぶんぶん旋回させる。伊織の脇差を十手で防ぎながら鎖を振り回し、馬針を投げ打つ余裕を与えようとしない。

この鎖を封じなければ、どうにもなるまい。

刀があれば絡め取られたと見せかけて、逆に引き倒すことも出来ただろう。

しかし、刀身が短い脇差では難しい。

「長いのを持ってくるべきだったんじゃねーのかい、えっ？」

苦戦する伊織を見返し、清助は嘲《あざけ》る。

十手に万力鎖を併用し、接近戦に持ち込んだのは決着を付けるため。

近間《ちかま》でせめぎ合っていては、馬針を打ち込むのは難しい。

相手が並の遣い手ならば刃の下を掻《か》い潜《くぐ》り、握った馬針で急所を刺して仕留めることも可能だが、清助に隙はない。

何とか間合いを仕切り直すしかなかったが、絶えず振り回す鎖に牽制され、伊織は思うようには動けなかった。

このままでは、万事休すだ。

やむなく伊織は脇差を打っ外《ぱず》し、だっと身を翻《ひるがえ》す。

目の前の危機こそ脱したものの、招いた結果は最悪だった。

純三郎と留蔵に続いて伊織まで清助に目を付けられ、根津の辻番所を根城《ねじろ》とする裏稼業人の一人と確信させてしまったのだ。

「田部伊織か……虫も殺さねーような面ぁして、よくも今まで世間様を騙し通してきやがったもんだ」

うそぶく清助の顔には余裕の笑み。

改めて追い詰めればいいと見なし、敢えて決着を急ごうとはしなかった。


「まこと、面目《めんぼく》なき限りだ……」

何とか清助の攻めをかわし、根津の辻番所に戻った伊織は、己の未熟に恥じ入りながらも留蔵に提案した。

「かくなる上は江戸を暫《しば》し離れるより他にあるまいぞ、おやっさん」

「実はあっしもそうしようと思ってたとこなんでさぁ、伊織さん。しばらく上州に参《めえ》りやせんか」

伊織を責めることもなく、留蔵は努めて明るく告げる。

思いつきのようでいて、かねてより万が一《おいち》に備えて思案を重ねた提案だった。

「この歳になっちまうと親兄弟はとっくに居りやせんが、ガキの時分の遊び仲間はまだ健在のはずでさぁ。日照り続きで米の実りが悪いそうで、食いもんがちょいと心配ですが、伊織さんと純の字の食い料ぐれぇは、あっしが何とでもしますよ」

「かたじけない、おやっさん」

素直に謝する伊織の傍らで、純三郎は黙り込んでいた。

たしかに、留蔵が逃げ腰になるのも無理はない。

斎藤清助の貫禄は、もとより純三郎も承知の上。

しかし、まさか伊織が苦戦を強いられるほどの強敵であるとは思わなかった。

たとえ純三郎が挑んでも、仕掛ける余地を見出すのは至難であろう。

それでも、せっかく居着いた江戸から離れたくはない。

相手が誰であろうと、負けてはなるまい。

とはいえ、好んで斬りたいわけではなかった。

あの男もまた、辻番所一党と同じく江戸の平和を護る存在。

自分に倒すことが出来たとしても、命まで奪ってしまいたくはない。

清助との共存は、もはや諦めざるを得ないのか——。

純三郎は意を決し、留蔵に向き直る。

「おやっさん、今少し待ってはもらえぬか」

「何を言い出すんでぇ、純の字!?」

「斎藤清助を思いとどまらせたいのだ。俺に時をくれ」

「お、おきやがれぃ」

留蔵が唖然《あぜん》としたのも無理はない。

剣術と手裏剣術の名手である伊織が追い込まれるほどの強敵と聞いた上で、なぜこんなことが言えるのか。

一方の伊織も、驚きを隠せずにいる。

敗れて逃げ帰った身で偉そうなことなど言えないが、純三郎の考えは甘すぎる。腕こそ立つが、その心情は未熟であると見なさざるを得なかった。

斯《か》くも甘い考えで勝負をさせたところで、清助に歯が立たないのは明白。返り討ちにされると分かっていながら、死地に送り出すわけにはいくまい。

そんな想いに気付きもせず、純三郎は言ってのけた。

「説き伏せることが叶わぬ折には俺が斬る。さすれば向後《こうご》に障《さわ》りはなかろう」

「無茶を申すな、純三郎っ」

さすがに伊織は口を出さずにいられなかった。

「あやつの鎖術は、まことに尋常ならざるものだ。剣の腕前も並ではない。もしも立ち合わば、おぬしとて無事では済まぬのだぞ！」

純三郎の身を案じればこそ、声を荒らげずにはいられなかった。

剣術師範あがりの伊織は、他者の腕の程を見極める目も備えている。

その鑑識眼で清助の腕を買いかぶることなく評価し、純三郎の腕をもってしても勝てぬと判じたのだ。

「大人しゅう、おやっさんの申す通りにせい。暫し江戸を離れた上で、ほとぼりを冷ますのだ。今はそうするより他にあるまい……」

伊織が出した答えは、清助に後れを取ったのを反省した上でのこと。

それでも純三郎は引き下がろうとはしなかった。

向こう見ずな言葉を重ねて、反論したわけではない。

おもむろに膝を揃え、深々と頭を下げたのだ。

「この通り、伏して頼む。斎藤清助と話をさせてくれ……」

留蔵と伊織に向かって平伏し、許可を請う表情は真剣そのもの。

いつもの生意気さは、どこにも見当たらない。

仲間のためにも必ず事を為さねばならないと思い定め、命を懸ける所存だった。

ここまで覚悟を決めていては、留蔵と伊織も異を唱えるわけにはいかない。

今は黙って、送り出してやるのみ。そう理解していた。

五

かくして、純三郎は清助の身辺を探索し始めた。

北町の蝮と呼ばれる男を説き伏せ、手を引かせるためには、しかるべき取り引きの材料が必要だ。

平たく言えば、弱みを握らなくてはならない。

説得が容易でないのは分かっている。

留蔵と伊織の言うことはもっともであるし、元凶《げんきょう》の清助を仕留めて一気に禍根《かこん》を断ってしまったほうが良いというのも理解できる。

それでも、出来るだけ命を奪いたくはなかった。

立場こそ違えど、清助は江戸の治安を護るために四十年も戦ってきた男。

この功績は認めてやらなくてはなるまい。

裏稼業人狩りから手を引かせるにとどめ、命までは奪わずに済ませたい。

されど、放っておけば純三郎たちの立場が危うくなるばかり。

いよいよとなったときも、自分一人だけならば逃げるのも難しくはない。

次の学問吟味が実施されるのは三年後であり、まだ時間には余裕がある。恥を忍んで肥後に戻るなり、町奉行所の目が届かない江戸近郊の地に移り住んで捲土重来《けんどちょうらい》を図るなり、再起する手段は幾らでもあった。

どうせならば近郊の天領に居着いた上で、代官所に勤めてみるのもいい。

地方行政官として将軍家が直轄する天領に派遣された代官たちは、足りない人材を補うために、村の優秀な若者を登用しているという。

その採用枠に潜り込み、代官から気に入られて婿養子にでも収まれば念願の旗本の身分を得て昌平黌に入学し、学問吟味も受験できる。

以前の純三郎ならば、目を付けられたのを機に裏稼業に見切りを付け、さっさと自分だけ逃げ出していただろう。

だが、今は仲間たちの窮地を見捨ててはおけない。

(己《おの》が夢を叶えるために、人でなしになってはなるまいぞ……)

ともあれ、今は調べを付けるのに力を尽くすのみである。

見廻りの持ち場である根津を離れられなくても、あちらから近付いて来てくれるのだから障りはない。

何食わぬ顔で清助の尾行を許しつつ、逆に探りを入れていくうちに意外なことが分かってきた。

根津権現前の辻番所が怪しいと確証を摑《つか》んでいるはずなのに、清助は上役に何の報告もしていなかったのだ。

密かに裏稼業人の探索が進行中なのを知っていたのは、北町奉行所で廻方同心の見習いをしている一人息子――実は養子で、今年二十歳になる重太郎のみ。

重太郎は日がな一日『あがりや』に入り浸り、佐吉を見張っている。

清助は裏稼業人狩りを隠居する前の最後の仕事として、息子と共に手柄を立てるつもりでいるらしい。

血が繫がってもいない息子に入れ込むのには、思わぬ理由があった。

家付き娘である妻が、冷淡すぎる女人《にょにん》だったのだ。


その日も清助は帰宅して早々に、八丁堀の屋敷の玄関でいびられていた。

「遅いお帰りですね、お前様」

「すまぬ。今日も御用繁多《はんた》であった」

「いつも申されることは同じなのですね。華のお江戸を護るためと申さば聞こえもよろしゅうございますが、家を護る身のことも少しは考えてくださいまし」

「私は疲れました故、お先に休ませていただきまする。お食事は、どうぞご勝手にお召し上がりなさいませ」

「すまぬ」

つんとした顔で立ち上がったのは多恵《たえ》、四十八歳。

小太りでも目鼻立ちは整っているが、顔には険がある。

清助に向けた視線はひたすら冷たく、夫を迎える態度とは思えない。

前向きに生きる女人は、造作はどうあれ光り輝いているものである。

逆に、多恵は内面のどす黒さが面に滲《にじ》み出ている。

長らく縁談に恵まれず、やむなく一回りも年上の清助を養子に迎えたという近所の噂も事実であった。

まことに、悪妻と言うより他にない。

それでいて多恵が傲慢《ごうまん》に振る舞えるのは、自分の存在なくして斎藤家は成り立たないと分かっているからである。

浪人あがりの清助は新婚当初から、ずっと軽んじられ続けてきた。義理の両親は疾うの昔に他界したのに、未だに家庭で肩身が狭い。

一番の理由は、多恵との間に後継ぎの嗣子《しし》を作れなかったこと。

家名の存続が重んじられた封建の世において、男子がいない家に迎えられた婿は平たく言えば種馬のようなもの。

清助にしても務めを果たせずにいた以上、本来ならば何十年も前に追い出されていてもおかしくなかった。

そんな斎藤家が養子を迎えたのは十年前。

同じ北町奉行所勤めで、仲の良かった男やもめの同心が殉職したのに伴い、忘れ形見の重太郎を引き取ったのだ。

かくして後継ぎを得たものの、多恵が清助と接する態度は変わらない。

そもそも、人相が悪くて武骨で気も利かない夫のことが嫌いなのだ。

そんな義父の苦労を間近で見てきた重太郎は同情し、前向きに御用に励む清助を尊敬してもいた。

清助にしてみれば、たとえ血が繋がっていなくても可愛くて仕方がなかった。なればこそ持てる力を惜しまず発揮し、裏稼業人の一味を共にお縄にすることによって、重太郎を一人前の廻方にしてやりたいのだ。

一方の多恵は夫ばかりか、息子にも愛情を抱いていない。

自らの腹を痛めたわけでもない重太郎と冷たく接し、清助にそうするのと同様に食事の支度も碌《ろく》にしてやらない。

女中の一人も奉公していれば、それでもよかろう。

しかし、唯一の女手でありながら家事放棄とは呆れた話。玄関に顔を見せただけで早々と奥へ引っ込んでしまうのも、毎度のことだ。

後に残された清助と重太郎は、顔を見合わせて苦笑する。

いちいち怒っていては身がもたぬし、家付き娘の権威を笠に着ることしか出来ぬ多恵が哀れでもあった。

それに家事を放棄されたからといって、さほど応《こた》えてもいなかった。

「されば、飯にするといたすか」

「はい」

清助に促され、重太郎は雪駄を脱ぐ。

いかつい父親とは似ても似つかぬ、すっきりした顔でありながら、立ち振る舞いは清助と一緒だった。

二人は同時に手ぬぐいを取り出し、脱いだ雪駄の埃《ほこり》を几帳面《きちょうめん》に払い落とす。

「私がやっておきます故、父上はどうぞお先に」

「そうはいかぬ。自分でやらねば気が済まぬ故な」

微笑む清助の口調は、いつもの伝法《でんぽう》なものとは違う。本来は折り目正しく、軽輩であっても武家の当主らしい振る舞いをしているほうが落ち着くのだ。町奉行所勤めの同心、とりわけ定廻がくだけた言葉遣いをするのは武家と町家の間に立ち、市井の事件を扱う立場なればこそ。袴を穿かずに着流し姿で行動し、小銀杏に髷を結うのも武士らしからぬが、何事も町人から親しみを寄せてもらうためである。

大江戸八百八町の治安を護るためには、市中の民の協力が欠かせない。江戸勤番の藩士の如く、武張《ぶば》った姿や立ち居振る舞いをしていても野暮天としか見なされず、嫌がられるばかりだが、くだけた口調と装いが身上の町方同心は庶民の味方と認知されている。

御成先御免《おなりさきごめん》の着流し姿と小銀杏髷に馴染んで久しい清助だが、何も好きこのんで町方役人になったわけではない。

純三郎と同様に、若い頃は昌平黌で学んで立身するのが望みであった。

しかし寄る辺なき浪々の身では、学問をするより先に働かなくてはならない。

食わんがために斎藤家の先代に金で雇われ、密偵御用を務めるうちに見込まれて家付き娘の多恵を押し付けられたのだ。

我《わ》が儘《まま》な多恵の相手をするのは大変だが、町方同心とて御家人。婿となることで軽輩ながらも直参となり、学問吟味を受験できるとなれば耐える甲斐もあるだろう。そう思って婿入りを承諾したものの、いざ同心になってみれば学問に時間を割く余裕など皆無だった。

南北の町奉行所に所属する廻方同心は各十四名。定廻と臨時廻が六名ずつに隠密廻が二名という内訳だが、隠密廻は町奉行から直《じか》に命を受けて探索に従事したり、幕府公認の遊廓である吉原の面番所に詰める役目もあるため、市中の見廻りには関与しない。そのため残りの面々、とりわけ個別に持ち場を任される定廻の負担は大きく、休みなどあってないようなものだった。

それほど重要な役目となれば、身を粉《こ》にして働かざるを得ない。ましてや婿として家名を維持する責任がある以上、それまで学問に向けていた勤勉さを、清助は捕物御用に役立てざるを得なかった。

爾来《じらい》四十年、時が経つのは早いもの。学問で立身する夢を諦め、北町の蝮と呼ばれるようになって久しい清助にとって唯一の救いは重太郎だった。

血こそ繫がっていないものの学問好きであり、勤勉で素直なところは、若い頃の自分とまったく同じ。残念ながら腕っ節の強さはなく、荒くれ揃いの廻方の中では目立って華奢《きゃしゃ》な若者だが、それだけに庇《かば》ってやらずにいられない。

強面の清助が睨みを利かせているため同僚からいじめに遭うこともなく、重太郎は健《すこ》やかに日々の御用に励んでいた。

だが、ずっと助け続けるわけにもいくまい。

早いもので清助も還暦間近。

壮健であっても、そろそろ身を引かなくては周りの皆が気を遣う。

それに親がいつまでも庇っていれば、重太郎は半人前としか見なされない。

ならば他の同心たちを絡めずに、大手柄を立てさせてやればいい。

二人だけで進めてきた裏稼業人狩りも、そろそろ大詰め。

清助は自ら矢面《やおもて》に立つ一方で、裏付けの細かい探索を重太郎に任せていた。

重太郎には、お前のためにやっているとは明かしていない。

当人にやる気を出してもらわなくては、父親が息子可愛さで過保護な真似をしただけのことと見なされてしまうからだ。

なかなか期待通りにはいかなかったが、重太郎はよくやっていた。

任せたのは、佐吉を見張ることだけではなかった。

辻番所へ入り込み、留蔵が目を離した隙に、漉き返しでくるんだ籠の銭が悪党退治の礼金らしいと察しを付けたのも、清助だ。

とぼけ通していたものの、留蔵の尻には火が点《つ》いている。

後がないと思えばこそ、伊織は清助に挑んできたに違いなかった。

次は、いよいよ純三郎と決着を付ける番。

あの生意気な若造に、とことん思い知らせてやる。

そのためには五体を健やかに保ち、来《きた》る戦いに備えておく必要がある。

しかし、わが家の食卓は今宵も侘びしい。

台所の隣の板の間には、多恵が用意した夕餉《ゆうげ》の膳。

「……例の如く、か」

「そのようですね、父上」

膳を一瞥《いちべつ》した二人は苦笑を交わし、台所に入っていった。

重太郎は袖を捲《まく》り、竈《かまど》の火を熾《おこ》す。

鉄鍋で味噌汁を拵えるためである。

多恵が支度していたのは飯と漬け物のみ。

これだけでは侘びしすぎるため、せめて汁物をと思い立ったのだ。

火を熾したのに続き、重太郎は包丁と俎板を取り出した。

買い置きの葱《ねぎ》を、サクサクと輪切りにしていく手つきは慣れたもの。いつ購《あがな》ったのか定かでない葱はしなびていたが、皮を一枚、足りなければ二枚も剝けば、中はつやつやしているので問題ない。

刻んだ葱を鍋の湯に投じたのに続いて、重太郎は味噌を漉《こ》し入れる。

まめまめしく支度をする様に目を細めつつ、清助は杓文字《しゃもじ》を取った。

「どれ、今のうちに飯をよそっておいてやろうかの」

「すみませぬ、父上」

「構わぬさ」

にっと笑って、清助は杓子《しゃくし》を重太郎に手渡した。

「味噌は煮えすぎては美味くないぞ。嫁を迎えたら、早々に教示せい」

「分かっております。隠し味は胡麻油《ごまあぶら》でありますね」

「左様。ほんの香り付けにするつもりで、ごく少量をたらすのだ」

「はい」

あらかじめ小皿に取っておいた油を、清助は手際よく鍋にたらし込む。

微笑ましい父子《おやこ》の団欒《だんらん》ぶりは、庭に身を潜めた純三郎には驚きの連続だった。

面食らったのも無理はない。

北町の蝮が実は子煩悩《こぼんのう》だったとは、誰に想像が付くであろうか。

気を取り直し、続いて純三郎が探ったのは多恵の部屋。

奥の座敷は静まり返り、夕餉を共にしながら歓談する父子をよそに寒々しい。

むろん、床は夫と別に取ってある。

「あー、つまらぬこと……」

多恵は退屈しきっていた。

一人きりとはいえ寝っ転がって裾を乱し、太い足を投げ出して恥じずにいるとはいただけない。

しかも煙草盆《たばこぼん》まで持ち出し、ぷかぷか寝煙草を吸い始める始末。

給仕はもとより、後片付けする気もない。食事を終えた夫と息子が、すべて勝手に済ませてくれることが分かっているのだ。

武家女の慎《つつし》みなど、微塵《みじん》もない。

(ひどいものだな……斯様な所帯など、好んで持ちたくはないものだ……)

純三郎は呆れ返るばかりだった。

見てくれの美醜以前に、何の魅力も感じられない。

家付き娘でなければ、夫を得るのは難しかっただろう。それでいて武骨ながらも誠実な清助に満足せず、若い頃から邪険に扱ってばかりなのだから恐れ入る。

要は、ごくふつうの女人なのだ。好もしい男を夫に得られず周囲から縁談を押し付けられたと嘆きつつ、現実の夫に尽くして現状をより良くする努力をせず、ただただ愚痴ることとしか出来ない、怠惰な女の一人にすぎないのだ。死した後も懲《こ》りることなく、同じ真似を繰り返す凡人でしかないのだ。

人は未熟である限り、身分はもとより国や人種の違いまで超えて際限なく生まれ変わるという。せっかく豊かな国に生まれても愚かな真似ばかりしていれば、戦《いくさ》が絶えぬ異国のような、厳しい環境に転生する羽目にも成り得るのだ。

そうやって輪廻《りんね》転生を繰り返しても、なかなか適材適所とはいかない。

武家においても、またしかりである。太平の世に在っても武勇と忠節を重んじる家に軟弱な子が生まれたり、逆に両親は公家《くげ》めいていて雅《みやび》なのに、息子は荒くれということも珍しくなかった。

多恵にしてみれば、町奉行所勤めの同心の家に生まれたのが不幸の始まり。家付き娘といっても大したことはなく、内証《ないしょう》が苦しいために女中の一人も雇えぬ同心の妻として、家事に毎日追われるばかり。

実のところは手を抜き放題で、疲れて帰宅した夫と養嗣子の世話を甲斐甲斐しく焼くどころか、ほったらかしで一人だけ先に休んでしまう体たらくだったが、当人は十分にやっていると思い込み、満たされぬ現実に倦《う》んでいた。

無抵抗な夫をいじめるだけでなく、多恵は他にも気散じの術《すべ》を心得ている。

浮気をしている相手が旗本だと教えてくれたのは正平だった。

『それはまことか、正平殿……？』

『純三郎さん、こいつぁ見て見ぬ振りをして差し上げるのが武士の情けってもんだと俺は思うぜ』

念を押した上で、正平は相手の名前を明かしてくれた。

かねてより逢瀬《おうせ》を重ねている男の名は川崎兵庫《かわさきひょうご》、四十二歳。

若い頃から、遊び人として浮き名を流してきた旗本である。

微禄の身ながら中年に至っても美形であり、たらし込んだ女たちが貢《みつ》いでくれるので、大金こそ得られぬものの小金《こがね》には不自由していなかった。余りの放蕩《ほうとう》ぶりに呆れた妻が実家に戻ってしまい、養子を取らなくては家名が絶えてしまうのに何処《どこ》吹く風で、一生遊んで暮らすことしか考えていないらしいと専《もっぱ》らの噂だった。

そんな蕩児《とうじ》にしては珍しく、ここ半年ほどは女出入りも絶えていたのが、いつの間にか多恵と関係を結んだのである。

何とも解せない話であった。

名にし負う遊び人が、どうして何の魅力もない女と付き合うのか。

兵庫ほどの色男ならば、もっと見目形のいい女人が手に入るはず。

かといって、金目当てだとも思えない。

斎藤家は旗本より格下の御家人であるばかりか、同じ直参の間では不浄役人呼ばわりされる町奉行所勤めの、しがない一同心にすぎなかった。

そんな家から搾《しぼ》り取ることの出来る金額など、高が知れている。

他の廻方同心の家付き娘とならば、金目当てに付き合う値打ちもあるだろう。

富裕な商家から袖の下を取りまくり、盆暮れには見廻りの持ち場の家々から贈答の品が山ほど届くので、家計は潤沢だからである。

だが、斎藤家には何も期待できない。

先代まではそれなりに役得を得ていたものの、養子に入った清助が家督を継いでからは絶えて久しい。捕物御用に公平を欠く元凶にしかならないと見なした清助が袖の下も贈答品も、ことごとく突き返してしまうからだ。

こんな調子で夫に余禄がなければ、妻もまとまった金とは縁がなくなる。

上野池之端《うえのいけのはた》の出合茶屋《であいぢゃや》で兵庫と忍び会う現場を確かめた後も、純三郎はどうにも理解が出来なかった。

目を惹《ひ》くほどの美貌ではなく、金回りがいいわけでもない多恵に、どうして構いたがるのか。

兵庫だけでなく、清助が何を考えているのかも分からない。

敏腕同心がその気になれば、妻の素行など容易《たやす》く調べが付くはずだ。

にも拘わらず、清助は多恵を野放しにしている。

斎藤家に婿入りしたこと自体が、清助の弱みなのか——。

そんな家庭の事情を知ってしまったことで、純三郎は困惑していた。

軽輩とはいえ、同心は御家人の身分。

浪々の身から脱するため、婿養子となった気持ちも分かる。

いっそのこと、何も知らぬまま斬ってしまったほうが良かったのではないか。

純三郎の迷いは深まるばかり。

されど、今になって投げ出すわけにはいかない。

留蔵と伊織を護るためにも、北町の蝮と決着を付けなくてはならなかった。

六

その後も探索を続ける純三郎に、清助が反撃の刃を向けてきた。

襲われた場所は、夜の裏門坂。

純三郎から、逆に身辺を探られていたことに気付いたのだ。

表では強面《こわもて》で押し通し、北町の蝮の異名を取る清助も、家庭に在っては子煩悩の優しい父親。余人には明かしたくない一面である。

そんな素顔を知られただけでも腹立たしいのに、妻が浮気を重ねている事実まで嗅《か》ぎ廻られたとあっては、放ってはおけない。

清助は正平を締め上げ、多恵の浮気相手の名前が純三郎に伝わったことまで突き止めていた。承知の上で隠していたのを暴かれては、激怒するのも当然だろう。

かくして怒りの赴《おもむ》くままに、襲撃を敢行したのだ。

「この野郎！　所帯も持たねぇ若造が、舐《な》めた真似をするもんじゃねーぜ!!」

人気《ひとけ》の絶えた坂道を駆け抜け、清助は怒りの声を上げて刀を振るう。

すでに夜は更けており、人通りは絶えていた。

この場所、この時分ならば、往来で斬り合っても町の衆に迷惑はかからない。斯様に判じればこそ、進んで刀を抜いたのだ。

伊織を圧倒した捕物用の鎖術だけでなく、剣の腕前も清助は抜きん出ていた。

斬り付けは鋭く、打ち込みはひたすら重たい。

清助の学んだ流派は鏡新明智流《きょうしんめいちりゅう》。

享保《きょうほう》の昔、まだ試合も稽古も木刀を用いるのが当たり前であった時代に防具をいち早く導入したため軟弱の誹《そし》りを受けたものだが、その神髄《しんずい》とされる真っ向斬りの力強さは、名だたる他流派にも引けを取らない。

純三郎の脳天を目がけて、続けざまに見舞われた斬撃《ざんげき》は刀勢も十分。わずかでも受け流し損ねれば、唐竹割《からたけわ》りにされてしまいそうだった。

「安心しろい。命までは取りゃしねーよ。手ぬるい真似は止めにして、今すぐお縄にしてやるだけさね……ま、腕の一本ぐれぇは覚悟しな」

うそぶきながら若い純三郎を圧倒する腕の冴《さ》えは、昔取った杵柄《きねづか》と呼べる範囲を遥《はる》かに超えている。

この男、やはり老いても強者《つわもの》だったのだ。

「くっ！」

対する純三郎の太刀筋は冴えない。

やむなく刀を抜き合わせたものの、進んで斬りかかろうとせずにいる。

清助を殺したくない気持ちは、以前にも増して強くなっていた。

この男は、人知れず苦労を重ねてきた身。

江戸の平和を護るために戦っていながら家庭では報われず、忍従の日々を四十年も送ってきたのだ。

とはいえ、同情してばかりはいられない。

純三郎はじりじりと追い詰められていく。

「どうした若いの？　毎朝鍛えてたくせによぉ、こんなもんなのかい？」

清助は満面に嗜虐《しぎゃく》の笑みを浮かべていた。

これまでは人相こそ悪くても正義漢だったはずなのに、今は悪党そのものの凶相《きょうそう》に成り果てている。

（こやつ、俺を嬲《なぶ》り殺す所存《しょぞん》か……）

かつてない恐怖に、純三郎の肌が粟立《あわだ》つ。

今の清助には、純三郎を斬る大義名分がある。

裏稼業人として罪を問う以前に、私怨《しえん》を晴らすという口実が出来たのだ。

その証左に、清助は怒りながらも妙に冷静だった。

誰にも知られたくない家庭の内情を暴かれて怒り心頭《しんとう》に発する一方、これを幸いとばかりに、純三郎を相手に憂さ晴らしをするつもりなのだ。

北町の蝮と呼ばれていても、清助は弱い者いじめをする輩とは違う。

面構えこそ凶悪だが、江戸の平和を護るために命を懸け、長らく戦ってきた敏腕同心以外の何者でもない。

だが、そういう人物は鬱憤《うっぷん》を抱え込みやすい。

不器用で愚直なため、抱えた不満をこまめに吐き出すことが出来ず、往々にして溜め込んでしまいがちでもある。

清助の場合は悪妻の多恵から受ける仕打ちもあるだけに、我慢をすればするほど溜まっていく負の感情も、並大抵ではなかった。

神ならぬ身である以上、吐き出さなくては壊れてしまう。

その機会を、図《はか》らずも得たのだ。

積年の不満をまとめて叩き付ける相手に、純三郎は選ばれてしまったのだ。

「これも散々好き勝手をしてきやがった報いと思うこったなぁ、若いの……」

「く……」

腕一本では済みそうになかった。

単に暴走しているだけならば、制するのも難しくはない。

怒りに任せて動けば体勢は自ずと乱れ、隙も生じやすいからだ。

しかし、清助は冷静さと狂気を併せ持っている。

相手取るのは至難の状況であった。

「おらおらおら！　本気でかかって来やがれい、若造っ‼」

上げる咆哮《ほうこう》は快感さえ帯びている。

もはや、純三郎も手加減してはいられない。

こちらも斬る気で立ち向かわぬ限り、待つのは死のみ。

「唵摩利支曳娑婆訶《おんまりしえいそわか》……」

決然と口に上《のぼ》せたのは、タイ捨流の剣客が戦いに際して唱える御真言《ごしんごん》。

摩利支天に加護を祈った上は、持てる力を余すところなく発揮し、命を懸けた勝負を制するのみだった。

「へっ、この期《ご》に及んで神頼みかい？」

清助が嘲《あざけ》りの声を上げる。

破邪の御真言を目の前で唱えられていながら、微塵も動じていない。

この度胸は本物だ。

となれば、こちらも全力を尽くすのみ。

純三郎は同田貫を右甲段に振りかぶる。

次の瞬間、裂帛《れっぱく》の気合いが闇を裂いて響き渡った。

「ヤッ！」

「トー!!」

純三郎は得意の軽業を封印し、真っ向から勝負を受けて立っていた。

跳躍して虚を突く戦法が通じるほど、清助は甘くない。

まして今の清助は、狂気を力に替えている。下手に蹴りなど見舞えば、足を斬り飛ばされるのが目に見えていた。

「くたばれや、若造！」

目を血走らせ、清助が猛然と斬りかかる。

激しい金属音が上がった刹那、びゅんと同田貫が跳《は》ね上がる。

純三郎は鎬《しのぎ》——刀身の側面で清助の斬撃を受け止め、その反動を利用して一気に振りかぶったのだ。

間を置くことなく、清助の首筋を狙って斬り付ける。

今や、純三郎は手加減抜きで戦っていた。

全力を出さなくては、こちらが斬られてしまう。

とはいえ、勝てば済むというわけでもなかった。

この勝負を制し、現職の町方同心を討ってしまったことが露見すれば、北町奉行所はもとより南町も総力を挙げて探索に乗り出すはずだ。そうなれば純三郎はもとより留蔵と伊織、さらには同じ長屋の人々にまで迷惑がかかってしまう。

相良藩とのつながりまで発覚したら、それこそ目も当てられまい。

恩を受けた英次郎と土肥家の人々に累が及び、相良藩二万二千百石が存亡の危機に立たされる、この腹を切って詫びたところで追い付かぬことだろう。

だが、今は戦うことを止めるわけにいかなかった。

清助は還暦間近の身でありながら疲れも知らず、息子ほども歳の離れた純三郎を相手に、猛然と刀を振るっている。

わずかでも気を抜けば、純三郎は斬られてしまう。

互いに戦いの場に身を置き、刃を抜き合わせた以上、勝負を捨てて退散することなど叶うまい。死にたくなければ全力で戦い、倒すより他にないのだ。

激しい攻防は打ち続く。

路地に駆け込み、攪乱《かくらん》しようとしても無駄だった。

清助は刀を鞘に納め、じりじりと迫り来る。

刹那《せつな》、白刃《しらは》が鋭角に振り下ろされる。

とっさに純三郎は刀を傾《かし》げ、辛くも受け流す。

この男、居合術まで心得ているのだ。

後の世と違って、居合は剣術の奥義として各流派に密かに伝承される技。

自ずと遣い手は限られており、誰もが学べるわけではない。

しかも清助は路地のような狭い場所で自在に刀を抜き打つ、難易度の高い技まで会得している。

戦いの場を移したのは、完全な失策だった。

清助は無言となっていた。

幾度となく純三郎が受け止め、受け流しても動じることなく、刀身を鞘に戻しては再び抜き打つ。

追い詰め、捕捉し、斬る。

そのことにのみ、全神経を集中させている。

もはや、純三郎に後はない。

（こ、これまでか……）
観念した刹那、路地と表通りを遮《さえぎ》る塀越しに息せき切った声が聞こえてくる。
「父上ー！」
坂道を駆け上ってきたのは重太郎。
先に帰るように言われていたにも拘わらず、心配で後を追ってきたのだ。
懸命な呼びかけを耳にした瞬間、清助の気が逸《そ》れた。
その機を逃さず、純三郎は跳躍する。
慌てて清助が放った抜き打ちを辛うじてかわし、持ち前の脚力で塀を跳び越えて
路地から脱出したのだ。
降り立った先には重太郎。
端整な顔に怒りをみなぎらせ、純三郎を見据えていた。
「おのれ、裏稼業人め!!」
怒声を上げる若者は、甘い考えを捨てていた。
裏稼業人が役に立つか否かは、どうでもいい。
父を護ることしか、今は頭になかった。
歳を感じさせない壮漢とはいえ、清助は来年で還暦を迎える身。

すでに若くはなく、丈夫なようでいて体の節々が痛んでいるのを重太郎はかねてより承知していた。

純三郎を追って路地から走り出た姿は精悍そのものであり、抜き身を引っ提げた形相《ぎょうそう》もかつて見たことがないほど猛々《たけだけ》しかったが、若い純三郎を相手にいつまでも攻勢のままではいられまい。

「今すぐご助勢仕りますぞ！　暫しの間、持ちこたえてくだされい‼」

果敢に十手を抜いた心意気は見上げたものだが、肝心の腕前が手練の父親に遠く及ばないのは一目で分かる。

地を蹴って、純三郎はぶわっと跳ぶ。

夜空を駆けて一気に間合いを詰める、まさに鴉天狗の如き大飛翔。

清助ならば空中で純三郎が防御できない隙を今度は冷静に狙い定め、一刀の下に斬り捨てていただろう。

しかし、重太郎には無理な相談。

攻め込むどころか、振りかぶった十手を打ち下ろすことさえ叶わなかった。

「わあっ⁉」

重太郎が悲鳴を上げた。

着地した純三郎に十手を奪われ、そのまま盾《たて》に取られてしまったのだ。

「な、何をしやがる！　俺の息子を離しやがれい‼」

たちまち清助は狼狽《うろた》える。

北町の蝮と呼ばれる怖い者知らずの男にとって、重太郎は最大の弱み。

卑怯《ひきょう》な真似は好まぬ純三郎だが、ここは父子の絆を利用するしかあるまい。

「次は命を頂戴いたす……二度と我らに構うな」

清助にまで聞こえるように一言告げるや、重太郎を突き飛ばす。

奪った十手にも、もはや用はない。

放り出すことなく、そっと路上に置いていく。

江戸の民を護るための破邪顕正の捕具と見なせばこそ、粗末には扱わない。

十手を置いた次の瞬間には身を翻し、闇の中へと姿を消していた。

「申し訳ありませぬ、ち、父上」

重太郎の声は震えている。

助太刀《すけだち》したのが徒《あだ》になったことへの自責の念にも増して、初めて遭遇した純三郎の余りの強さ、そして気迫に恐怖を覚えて止まずにいたのだ。

「もういい……これからは、無茶をいたすでないぞ」

それ以上は責めることなく、清助は父子で連れ立って家路を辿る。

「何も案じるには及ばぬぞ、重太郎」

「父上……」

「そなたは儂《わし》が護る。この命に替えても……な」

「も、申し訳ありませぬ……」

「我らは父子ぞ。当たり前ではないか」

いかつい悪党面は相変わらずだが、憑《つ》かれたような凶相は消え、優しく頼もしい父親の顔に戻っていた。

七

翌日になっても、重太郎の不安は尽きなかった。

相変わらず、清助は朝から根津まで出向いていた。相手も町中で無茶はしないと判じた上で、恐れることなく純三郎の尾行を継続しているのだ。

しかし、もはや重太郎には無理だった。

佐吉を監視しに『あがりや』へ行くのも怖くなり、奉行所で雑用があると称して根津には足を向けずにいた。

非力な若者が怯《おび》えるのも、無理はない。

ついに、裏稼業人を敵に回してしまったのだ。

清助が事を諦めぬ限り、このままで済むとは考えがたい。

いつ反撃に転じてくるかと思えば、気が気ではなかった。

束の間とはいえ純三郎とぶつかり合い、その常人離れした跳躍力と膂力《りょりょく》の強さを思い知らされて以来、恐怖を募らせて止まずにいる。

そんな不安を抱える一方、重太郎は疑念を抱いてもいた。

自分とさほど歳の違わぬ、あの若い裏稼業人——土肥純三郎は、根っからの悪人とも思えない。金ずくで人を殺すだけの外道ならば、重太郎に怪我《けが》を負わせぬように手加減するどころか、一刀の下に斬り捨てていただろう。

だが、純三郎はそうしなかった。

窮地を脱するための盾にはしたものの、命までは奪わなかったのだ。

御法破りの大罪人には違いないが、仲間の留蔵や伊織と同様、ごく真っ当な人間と見なしていい。

そんな好漢たちが命懸けでやっているのに、裏稼業には正義など有りはしないと決め付けていいものか。

彼らなりの覚悟と信念の赴くままに、好きにさせるべきではないか。

思い立ったことはすぐに伝えるべきである。

折しも清助は一日の調べを終えて、奉行所に戻ったばかり。

すでに定刻を過ぎ、当直以外は帰宅した後。

重太郎の他に用部屋に居残っていたのは、当直の一人のみ。

その同心も清助が姿を見せるや、慌てて腰を浮かせた。

「お、お戻りにございましたか、斎藤様。お役目大儀にございまする」

頬のたるんだ顔一杯に愛想笑いを浮かべ、中年の同心は頭を下げる。

重太郎と二人きりのときには先輩風を吹かせ、親の七光りがどうのと嫌みをちくちく垂れていたのが嘘の如く、揉み手をせんばかりに腰が低い。

「それがしは席を外しまする故、ど、どうぞごゆるりと……」

「そうかい。気を遣わせちまって、すまねぇな」

「め、滅相もありませぬ。されば、御免」

中年の同心はあたふたと廊下に出て行った。

北町の蝮と呼ばれる清助と対等に口が利けるのは上役の与力と、同じ世代の熟練した同心たちのみ。

他の面々は立てた手柄の数も貫禄《かんろく》も清助の足下《あしもと》にも及ばず、父子だけで裏稼業人狩りを密かに進めている件についても、薄々気付いていながら口を挟めない。

息子というだけで重太郎が抜擢されたのは納得のいかぬことだが、表立って文句を付けるわけにはいかないし、清助ならば日向小文吾の二の舞にはなるまいという安心感もある。結果として裏稼業人が焙《あぶ》り出され、御用鞭（逮捕）にすることさえ出来れば、それでいいのだ。

二人きりになったところで、重太郎は清助に躙《にじ》り寄っていく。

「お疲れ様にございまする、父上……いえ、斎藤様」

「なーに。お前さんも疲れただろう？」

答える清助は、別に怒ってはいなかった。

根津での張り込みを放棄したままであるにも拘わらず、咎《とが》めようとはしない。

むしろ重太郎を危険な目に遭わせなくても済むように、今日のうちに段取りを付けてきたのだ。

「佐吉にゃ脅しをかけておいたから、もう目を光らせなくても構わねーぜ」

「まことですか」

「店と女房が大事なら、放っておいてもおかしな真似は二度としねーさ……それにお前さんが先払いした一両の残りはぜんぶくれてやったから、文句なんぞ付けちゃこねぇだろうさ」

「左様にございましたか……」

「そんなことより明日は俺と一緒に来てくんな。朝駆《あさが》けで捕物をやらかすからよ」

「捕物？」

「土肥純三郎を引《ひ》っ括《くく》るんだ。あの野郎、もう野放しにはしておけねぇや」

「……」

「とっ捕まえて責め問いにかけたところで何も吐かねーだろうが、留蔵と田部伊織に揺さぶりをかける役には立つだろうさ……もしかしたら、助けに乗り込んでくるかもしれねぇしな」

「……されば、その前に謹んで申し上げたきことがございまする」

「そんなら、飯でも食いがてら話すとしようか」

「よろしいのですか、父上？」

思わぬ提案に重太郎は面食らう。

帰宅が遅くなるのは毎度のことだが、表で夕餉《ゆうげ》を済ませることはしないのが四十年来変わらぬ、清助の習慣だからだ。

半ば家事を放棄しているとはいえ、形だけでも多恵が支度をしてくれているのを無駄にしてはいけない。

清助は斯様に心がけ、重太郎が出仕し始めてからは同様にさせていた。

それが自分から外食しようと言い出すとは、どういう風の吹き回しか。

戸惑う重太郎をよそに、清助は笑顔で告げる。

「屋敷には小者を知らせに走らせておくがいい。前祝いってことで、久しぶりに鰻《うなぎ》でも食おうじゃねーか」

「はぁ」

「ほら、早いとこ帰り支度をしな」

重太郎を急き立てて、清助も席を立つ。

船を仕立てて向かった先は、深川《ふかがわ》の森下町《もりしたちよう》。

本所《ほんじよ》と深川の境《さかい》に拡がる一帯は小名木川《おなぎがわ》と竪川《たてかわ》のいずれにも近く、鰻を始めとする川魚を扱う問屋も多い。

清助が向かった鰻屋は小名木川沿いの、小体な二階建ての店だった。

「お待ちしておりました、斎藤様」

前の船着場に二人を乗せた猪牙《ちょき》が着くや、店のあるじが迎えに出てくる。

聞けば、あらかじめ二階の座敷を使うことを承っていたという。

何のことはない、重太郎から勇を奮って切り出すまでもなく、清助は二人きりで話をするために席を用意してくれていたのだ。

「たまさかにはよかろう。さ、上がるがいい」

先に立つ清助に続き、重太郎は梯子段《はしごだん》を昇っていく。いつの間にか、口調も武士らしいものに戻っていた。

階下から漂《ただよ》ってくる煙は香ばしく、空きっ腹に染み渡る。

かつての江戸では蒲焼《かばや》きと言えば蒸して脂《あぶら》を抜くこともせず、丸ごと串に刺して焼いただけの、蒲《がま》の穂《ほ》を思わせる形そのものだったという。

それが近年は歌舞伎見物の幕の内として鰻重《うなじゅう》が定着する一方、こうして座敷でくつろいで味わえる店が町中に増えつつある。

注文した蒲焼きが運ばれてくるのを待つ間、清助は常にも増して饒舌《じょうぜつ》だった。

「この店は儂が定廻だった頃からの馴染みでな、勤めでくさくさした折には、昼日中から呑ませて貰《もろ》うたものよ」

「まことですか、父上？」

重太郎は驚いた声を上げる。

御役目一筋の父親がそんなことをしていたとは、思いもよらなかったのだ。

「はっはっ、そなたを養子に迎える前のことよ」

照れた様子で清助は笑った。

「儂とて木石《ぼくせき》に非《あら》ざる身なれば、息抜きも適当にしておったのだ。そなたも真面目にやりすぎてはいかんぞ。何事も思い詰めては体に毒だからのう」

「はは……」

釣られて、重太郎も笑みを浮かべる。

子どもならば睨《にら》まれただけで失神しそうな、凄みのあふれる悪党面も、こうして目尻が下がれば柔和に見える。

それは重太郎だけが知る、父親ならではの優しい笑顔であった。

他人の目があれば態度はもとより口調も同心らしく、ざっくばらんなものにしなくてはならない。そうすることが父にとって楽ではなく、むしろ苦痛なのを重太郎は知っていた。

こうして息子と二人きりになっていれば、心置きなく素顔を晒《さら》すことも出来るというもの。

「父上、どうぞ」

「うむ。前祝いの一杯なれば、存分に尽くすとしようかの」

店のあるじが供してくれた小鉢を肴《さかな》に、清助と重太郎は杯を交わす。

酒が入ったとたん、清助の口調はしんみりしたものに変わっていた。

「そなたには申し訳ないと思うておるのだ、重太郎。どのみち養子に入るのならば士分扱いをしてもらえぬ同心よりも、お旗本のほうがどれほど良かったことか……儂はそなたの進むべき道を、誤らせてしもうたのかもしれぬなぁ」

「そんな、滅相もありませぬ」

「いや、いや。不甲斐なき父を許してくれ」

「父上……」

「斯様に思えばこそ、儂はあやつらを捕らえずにはいられぬのだ。三十俵二人扶持の軽輩のままでは不満もあろうが、手柄を立てた上であれば学問吟味に及第した折に一層の箔《はく》が付く……そのときこそ町方御用を離れ、高い職も得られようぞ」

思い詰めずとも、いずれ道は開ける。

清助は、そう言っているのだ。

「そのようなことを考えてくださっていたのですか、父上」

「当たり前じゃ。儂はそなたの父親ぞ」

「………」

苦言を呈するつもりだった重太郎は、二の句が継げなくなっていた。

なぜ清助が手柄を立てようとしていたのかを、初めて知らされたのである。

黙り込んだままなのは、天井裏に忍び込んだ純三郎も同様だった。

根津から引き上げた清助の後を尾け、ここまでやっては来たものの、出くわしたのは何とも意外な場面だった。

昨夜に引き続き、北町の蝮は良い父親だと実感せずにはいられない。

辻斬りに討たれて不名誉な死を遂げ、それこそ純三郎の道を誤らせてしまった父の均一郎や、親代わりとは名ばかりだった伝作とは、まるで違う。

(羨《うらや》ましき哉……いや……いかん、いかん)

純三郎は慌てて頭を振る。

敵である同心父子に、純三郎は理想の父子像を見てしまったのだ。

己が為すべきは辻番所一党が生き延びるため、清助と重太郎をまとめて討つことのみ。憧れるなど、どうかしている。

まして、清助は明朝に純三郎を捕らえるつもりなのだ。

酒を口にし、気も体も緩んだ隙を逃さず、二人まとめて始末をしてしまったほうがいいのは分かりきっていた。

鰻は焼くのに時もかかる。しばらくは店の者が現れる気遣いもない。

今のうちならば突入し、斬り捨てて逃げ延びるのは雑作もない。

如何に清助が手練でも、身を潜めた純三郎の気配を察知できぬほど油断しているとなれば、何ら恐れるには値しなかった。

にも拘わらず、純三郎は天井裏から飛び降りることが出来なかった。

眼下の幸せな光景を、台なしにしたくはない。

そんな想いに囚《とら》われてしまっていたのだ。

(同情など寄せてはなるまい。この父子は我らの敵……敵なのだ……)

繰り返し己に言い聞かせ、迷いを振り払おうとしながらも、二人を斬りたくない純三郎だった。

八

そんな純三郎の想いをよそに、別の討手《うって》が現れた。

蒲焼きを堪能しながら酒を酌み交わし、ご機嫌に家路に就いた父子を夜道で襲撃したのは、雇われ浪人と思しき五人組。

深川から戻って船を下り、歩き出したところを待ち伏せされたのだ。

夜陰《やいん》に乗じてのこととはいえ、大胆な所業だった。

町奉行所には体面がある。

現職の同心、それも北町の蝮と異名を取った斎藤清助が父子揃って殺害されたとなれば、北町ばかりか南町も総力を挙げ、それこそ草の根を分けても捜し出そうとするに違いない。

日向小文吾の如く黒い繋がりを持ち、町奉行の目まで盗んで私腹を肥やしていた不良同心ならば死んだところで事実を隠蔽《いんぺい》するのが先だが、御役目一筋の清助には後ろ暗いところなど皆無。手に掛けた者を何としてもお縄にしなければ、奉行の面目は立たなくなるだろう。

自ずと探索は熾烈《しれつ》を極め、逃れることなど叶わぬはずだった。

かかる危険を冒してまで襲撃に及ぶとは、よほど大金を積まれたのか、あるいは逆らえぬ筋から命じられたに違いない。

父子を狙った経緯はどうあれ、五人の襲撃者は強気であった。

「その千鳥足《ちどりあし》では満足に戦えまいぞ、北町の蝮め！」

「八岐大蛇《やまたのおろち》を見習《みなろ》うて、疾く往生せい！」

父子に休む暇を与えず、浪人どもは代わる代わる攻めかかる。

未熟な重太郎を護るため、清助は果敢に十手を振るっていた。

久しぶりに酒を口にしたのが災いし、常の如く機敏に動けずにいる。

老いても衰えていないはずの力強さも、明らかに精彩を欠いていた。

そんな父を前にして、重太郎も庇われてばかりではいなかった。

「お逃げくだされ、父上！」

「そなたこそ、儂に構うな!!」

殺到する凶刃《きょうじん》を必死で防ぎながら、父と子は互いに庇い合う。

かくなる上は、もはや見捨てておけない。

後を尾けてきた純三郎は、やむなく戦いの場に割って入った。

懐から手ぬぐいを取り出し、走りながら頬被りをする。

顔さえ隠してしまえば、敵の父子を助けるという馬鹿な真似をしたところで何ら恥じるには及ぶまい。

浪人どもの直中《ただなか》に突入するや、純三郎は続けざまに手刀と足刀を振るった。

「わあっ！」

「ぐえっ！」

父子の背後を突こうとした二人が、たちまち吹っ飛ぶ。

「な、何奴《なにやつ》⁉」

「おのれ、邪魔をするでない！」

思わぬ加勢に浪人どもは色めきたつ。

烏合《うごう》の衆など、わざわざ斬るまでもない。

同田貫を鞘に納めたまま、純三郎は残る三人の刀を続けざまに叩き落とす。

「ひ、退けっ」

失神した仲間の肩を支え、浪人どもは慌てて逃げ出す。

無言で見送る純三郎に、清助が歩み寄ってくる。

「何のつもりだい、若いの」

九死に一生を得ても、強気な態度は変わらない。

すっかり酔いも醒《さ》めた様子で、両の目に怒りをみなぎらせていた。

「この野郎、余計な真似をしやがって……」

純三郎の頬被りをむしり取り、憎々しげに清助は言った。

命の恩人に対する態度にしては、無礼に過ぎる。

「何をなされますのか、父上っ」

「そなたは黙っておれ！」

見かねた重太郎が諫《いさ》めても、聞く耳など持ちはしない。

しかし、純三郎は動じなかった。

「お前さん、いいところで出てきやがったが、まさか俺の後をずっと尾けていたのかい？」

「……」

黙って清助を見返す表情に、気負いはない。

どのみち勝手にやったことである。

丁重に礼を言ってもらおうとは、考えてもいなかった。

「やれやれ、さっきの話も聞かれちまったってことかい……」

清助は大きな溜め息を吐いた。

「俺さえ見殺しにしときゃ二度と付きまとわれずに済んだもんを、恩を着せりゃ手を引くとでも思ったのかい？　ったく、殺し屋のくせに甘《あめ》ぇぜ」

「貴公に恩を着せようとは、もとより考えてもおらぬ」

「何だと？」

「貴公とご子息を空しゅうさせたくはなかった……ただ、それだけのことだ」

「おいおい、稀有《けぶ》（奇妙）なことを言いなさんな」

落ち着いた口調で答える純三郎に、清助はたちまち鼻白《はなじろ》む。

「お前さんにしてみりゃ、俺らはとんだ疫病神《やくびょうがみ》のはずだぜ。助けたところで何の得もねーだろうが？」

本気で訳が分からない。

そう言いたげな清助に、純三郎は淡々と問い返す。

「貴公とて、目の前で理不尽に命を奪われんとする者を見殺しに出来ぬのは同じであろう」

「そりゃ、俺ぁ十手を預かる身だからな」

「拙者もご同様と思うていただこう」

「おいおい、お前さんはただの密偵だろうが？　何もそこまでやらなくたっていいのだぜ」

「さに非ず。今一つの仕事において、そうしたいのだ」

「本気で言ってんのかい？」

「むろんだ」

答える純三郎に迷いはない。

かねてより、そのつもりで悪党退治に命を懸けてきたからだ。

だが、清助に理解を求めたところで無駄だった。

「はははは、こりゃ可笑《おか》しい……盗《ぬす》っ人《と》にも三分の理って言うけどよ、殺し屋も同じたぁ思わなかったぜ」

「……」

純三郎は憮然《ぶぜん》と踵《きびす》を返す。

「ま、待たれよ！」

重太郎が声をかけても、振り返ることなく歩き出す。

想うところを真面目に告げたというのに、相変わらず笑い飛ばすばかりの清助に腹が立ったのだ。

それでも、助けたことが無駄だったとまでは思いたくなかった。

斯様な仕儀となった以上は、少なくとも明朝に純三郎を奇襲して、捕らえることなど有り得まい。

命を救った礼ではなく、事前に盗み聞かれてしまったのが理由だとしても、今夜のところはこれで良しとすべきだろう。

健気《けなげ》な息子にも免じて、ひとまず苛立ちを抑えよう。

と、背中越しに重太郎の声が聞こえてきた。

「おぬしの心意気、私は買《こ》うたぞ！　その力を以て、これより先も……」

声が途切れたのは、清助に止められたせいだった。

「黙り居《お》らぬか、馬鹿者め」

抗《あらが》う重太郎の口を塞いだまま、清助は去り行く純三郎に向かって叫ぶ。

「とりあえず、一遍だけは見逃してやらぁ！　そのうちに必ずお縄にしてやるから首を洗って待ってやがれ!!」

北町の蝮は、相も変わらず執念深い。

この調子で、死ぬまで強気で生き続けるのだろう。

純三郎としても油断は出来ない。

「ふっ……首を洗って待ってやがれ、か……」

駆けながらつぶやく口調は、なぜか明るい。次に顔を合わせたときは真剣勝負と覚悟しつつも、理想の父子の命を救って嬉しい純三郎だった。

九

「相手は仮にも命の恩人なのですぞ。言い過ぎたのではありませぬか、父上」

「そなたこそ馬鹿を申すな。あやつを認めて、何とするのだ」

言い合いながらも互いに肩を支え合い、清助と重太郎は家路を辿る。

「お帰りなされませ」

珍しく、玄関で二人を迎える多恵の表情は晴れやかだった。

「まぁ、何となされましたのか」

「大事ない……役儀の上で、ちと騒ぎに巻き込まれただけだ」

「左様にございましたのか。いつもお役目ご苦労様にございまする」

着衣を汚して帰宅した二人に文句を付けず、さりとて心配するでもなく、満面の笑みを浮かべている。

いつもの清助ならば即座に不審を抱いたはずだが、さすがの北町の蝮も、今宵《こよい》は疲れ切っていた。重太郎に至っては、すでに立っているのもままならない。

「夕餉は要《い》らぬ……すぐに休む故、床を取ってくれぬか」

「心得ました」

すっと多恵が立ち上がる。

その背後から現れたのは、恰幅《かっぷく》のいい一人の武士——川崎兵庫。

兵庫はすでに鞘を払い、抜き身を手にしていた。

「ぐ……」

清助がかっと目を見開く。

不意打ちの袈裟斬りを見舞われたのだ。

「おのれ、よくも父上を！」

怒りの声を上げた重太郎も、抜刀する余裕は与えられない。

側面に回った多恵に、刃を突き立てられたのだ。

「は、母上……」

重太郎は、わななきながら崩れ落ちていく。

なぜ母が見知らぬ男を手引きし、父と息子を殺害するのか。

何故、こんな非道な真似が出来るのか——。

理解の出来ぬまま、息絶えていくばかりであった。

見下ろす多恵に表情はない。

衝動ではなく最初からこうするつもりで、娘時分に形だけ学んでいた小太刀術を稽古し直し、入念に真剣の扱いを修練した上で実行に移したことだった。

血に濡れた刃は、短刀よりも長かった。

武家の婦女子が出かけるときに携帯する、錦袋《にしきぶくろ》入りの懐剣《かいけん》ではない。

重太郎の脾腹《ひばら》を深々とえぐったのは、兵庫から与えられた合口拵《あいくちごしらえ》の小太刀。

兵庫は清助が帯びている脇差の銘を多恵に確認させ、同じ刀工が手がけた、長さも同じ一振りを手配したのだ。

そして自らが振るったのもあらかじめ調べを付けさせた、清助の佩刀と同銘同寸の一振りであった。

「あっけないものだのう……」

動きを止めた二人を見下ろし、兵庫はにやつく。

もはや動かぬ重太郎に、そっと多恵は手を伸ばす。

見開いた目を閉じさせてやろうともせず、玄関に転がった刀を拾う。

一方の兵庫は清助の帯前に手を伸ばし、抜いた脇差を握らせる。

重太郎は刀、清助は脇差をそれぞれ手にして父子で殺し合い、共に果てたと見せかけるつもりなのだ。

後の検屍《けんし》で怪しまれることのないように、刀身に血を塗るのも忘れない。今一度刺しては傷口が変形してしまうため、多恵が用意した鶏《にわとり》の血を用いていた。

殺害に用いた刀と小太刀は屋敷内に隠しておき、後で処分すれば問題ない。

亡骸が硬直する前に、偽装は滞りなく調った。

「これでよろしゅうございますね、殿様」

「うむ、上出来じゃ」

多恵と兵庫は笑みを交わし合う。

父子が帰宅するまでの間に、二人は周到に段取りを付けていた。

兵庫はお抱えの家士《かし》たちを北町奉行所の周辺に張り込ませ、清助が重太郎と連れ立って出かけたことを確かめた上で、襲撃を敢行させた。

襲った五人組の正体は、浪人を装った家士だったのである。

純三郎という思わぬ邪魔者が入ったものの、事はおおむね予定通りに運んだ。

兵庫は、もとより家士たちに父子を斬らせるつもりはなかった。

数に任せて攻めかからせ、清助の体力を奪うことさえ出来れば十分。

最後の始末は、疲れ切って屋敷に戻ったところで付ければいい。

最初からそうするつもりで、兵庫と多恵は待ち受けていたのである。

往来で変死を遂げれば他殺と見なされ、町奉行所も総力を挙げて真相を追及するに違いない。

しかし、現場が屋敷内となれば話は違う。

帰宅して早々に清助と重太郎が口論になり、激昂《げっこう》して刃傷沙汰《にんじょうざた》に及んでしまったと多恵が証言すれば、事は表沙汰にはなるまい。御法の番人たる町方同心、それも北町の蝮と異名を取った男が息子を殺害し、自らも刃にかかって死したことが世間に知れれば、南北の町奉行所どころか公儀全体の恥となるからだ。

奸計《かんけい》を実行に移した理由は、悪しき男女それぞれの口から語られた。

「思い知ったか、くそ蝮め。不浄役人如きが分を弁えず、つまらぬことを暴き立ておった報いじゃ……」

兵庫が口にした「つまらぬこと」とは、半年前に起こした事件のこと。

かねてより貢《みつ》がせていた商家の内儀《おかみ》と口論になり、カッとなって怪我を負わせた事実を清助は目付に訴え、罪に問われるように段取った。件の商家のあるじから恥を忍んで懇願されたのを受けての行動だった。

かくして兵庫は幕閣随一の堅物《かたぶつ》である本丸老中の水野忠邦の怒りを買い、訴えを受理した目付の取りなしのおかげで、何とか家名までは失わずに済んだものの職を失い、ただでさえ少ない禄が半減した上に、大好きな女遊びも自重せざるを得なくなった。すでに妻女は家を出てしまっており、呆れた親類縁者は再婚の話など持ち込みもせずにいる。


そんな落ち目の兵庫に近付き、関係を結んだのが多恵。

鬱陶《うっとう》しいばかりの夫と血の繋がらぬ息子を亡き者にし、見た目も性格も好もしい兵庫と縁付きたい。


歪《ゆが》んだ願望を実現するのが可能なネタを、彼女は有していた。

「酷《ひど》いことを申されますのね、殿様。私は斎藤の娘なのですよ」

多恵は唇をとがらせて文句を言う。

死した夫を庇うつもりかと思いきや、続いて口にしたのは呆れた言葉。

「その不浄役人の株を売り払うことは、この私にしか出来ませぬ。お約束の金子《きんす》が欲しければ、せいぜい可愛がってくださらなくては……」

「分かった、分かった。機嫌を直せ」

すかさず兵庫は多恵に腕を回す。

「そうそう、そのお心がけでよろしいのです」

「こやつ、甘えおってからに……愛《う》い奴じゃ」

「ふふふ……」

「はははは」

邪《よこしま》な男女は楽しげに微笑み合う。

兵庫は意趣返しをするだけのために、清助を殺害したわけではなかった。

真の目的は、北町奉行所に代々勤めてきた斎藤家の同心株を売り飛ばし、代金の二百両を手にすること。

三十俵二人扶持の貧乏同心の妻にすぎない多恵も、こうしてしまえば大金を用意できるのだ。

まとまった金が工面できると言い出したのは、他ならぬ多恵だった。

貧乏旗本の兵庫にとって、二百両は大金。

一攫千金《いっかくせんきん》のためならば不浄役人を、それも猪口才《ちょこざい》な真似をしてくれた清助を息子ともども殺害するぐらいは屁《へ》でもない。

儲け話を餌《えさ》にして近付いてきた多恵のことも、実のところは可愛らしいとは微塵も思っていなかった。

現金を手にしたら、頃合いを見て始末を付ければいい。

兵庫にしてみれば、所詮は金づるでしかないのだ。

そんな思惑《おもわく》に気付かぬまま、多恵は兵庫を促した。

「殿様、どうぞ奥へ……」

「馬鹿を申すな。早々に引き上げねば、怪しまれるであろうが？」

「大丈夫ですよ。こんな時分に表に出られては、かえって不審に思われまする」

「左様かのう」

「さぁ、夜も長《なご》うございますれば……」

媚態《びたい》を示しつつ、多恵は兵庫の腕を取る。

二人とも、玄関に転がった十手には見向きもしなかった。

「ふん、こんなもの」

つま先に引っかかったのを、多恵は無雑作に蹴り飛ばす。

町奉行所に代々勤める同心の家付き娘でありながら、破邪顕正の捕具の尊さなど感じたこともないのである。

同心の十手は町奉行から授かるもの。どのみち返却するのだから、今夜のところは亡骸と一緒に放り出しておき、後で適当に綺麗にしておけばいい。

不浄役人の証《あか》しなど、手許に置いておきたくもない。

そんなことしか考えていなかった。

十

かくして清助と重太郎は病死の扱いとなり、斎藤家の同心株は多恵に託された。

されど、人の口に戸は立てられない。

実は父子で殺し合ったらしいと噂が広まったのが災いし、町奉行所の面々以外は弔《ちょうもん》問に訪れる者もほとんどいなかった。

悪人面で蝮の異名を取ったとはいえ、生前の清助は市中の民を護るために、日々力を尽くした男。

にも拘わらず通夜の席はがらんとしていて、寒々しい限りであった。

「お前さま！　重太郎〜!!」

二つの棺桶《かんおけ》を前にして多恵は泣き崩れる。

傍目《はため》には、痛ましい光景としか映っていない。

「まことに遺憾《いかん》な限りぞ。この儂の悪癖を諫《いさ》めてくれたほどの男が、斯様な死に様を晒《さら》してしもうては甲斐がなかろう……」

兵庫も他の弔問客と語り合いつつ、痛ましげな表情を浮かべている。

すべては打ち合わせ済みの芝居であった。

そして初七日を迎えた夜、多恵は八丁堀の屋敷を抜け出した。

重そうな信玄袋《しんげんぶくろ》を抱え、夜道を往く足取りは速い。

向かう先は、川崎兵庫の屋敷がある芝。

純三郎に後を尾けられているのに気付かぬまま、先を急いでいた。

（女狐《めぎつね》め、大金を抱えて男の許へ走る気か……）

尾行しながら、純三郎は胸の内で毒づく。

疑念を抱いたきっかけは、紛れ込んだ通夜の席で嘘泣きに気付いたこと。

疑わしい点は他にもあった。

激昂して父子が斬り合いに至ったのが事実だとしても、清助が脇差を用いるとは考えがたい。

恵吾を通じて教えてもらった検屍の結果によると、清助は激昂しながらも冷静に立ち回り、屋内で刀を振り回して柱や鴨居《かもい》に引っかけ、自滅する愚を犯さぬために、短く扱いやすい脇差でひと突きにしたのではないか——とのことだった。

実際に清助と立ち合った純三郎には、不自然な解釈としか思えない。

あれほどの手練がその気になれば、狭い場所でも自在に刀を抜けるはず。先夜の路地での戦いで純三郎を苦しめたときの業前《わざまえ》を以てすれば、重太郎を瞬殺するなど容易いはずであるし、そもそも息子を手にかけるはずがない。

斎藤父子が殺し合い、共倒れになったというのは事実無根。

真実をねじ曲げ、偽りの情報を広めたのは、事が起きた現場に居合わせた唯一の証人――多恵ではないのか。

むろん、彼女一人で手練の清助を含む大の男二人を始末できるはずがない。

不意を突いたところで、せいぜい重太郎を倒すのが関の山だろう。

必ずや手を貸した者がいると見なして八丁堀の屋敷に張り込んだところ、多恵は葬儀を終えて早々に胡乱《うろん》な行動を取り始めた。

同心株を処分し、金に換えたのである。

信玄袋を大事そうに抱え、夜道を往く顔はすっきりしている。

長年の胸のつかえが一度に取れたとでも言いたげな、何とも晴れやかな面持《おもも》ちで歩を進めていた。

尾行されているとは思いもよらず、多恵は兵庫の屋敷に到着した。

すぐに玄関へ通され、廊下を渡って奥の間に向かう。

案内する家士頭も、庭に忍び込んで様子を窺う純三郎には気付いていない。

「どうぞ、こちらでお待ちくだされ」

先夜の襲撃現場で聞いたのと同じ声だと確かめた上で、純三郎は多恵が通された部屋の天井裏に移動する。

折しも入浴中だった兵庫は知らせを受けるや、嬉々《きき》として現れた。

「まぁ殿様、悩ましきお姿ですこと……」

肌襦袢《はだじゅばん》を羽織っただけの態《てい》で出てきたのを、多恵は熱を帯びた目で見返す。

対する兵庫は、金のことしか頭にない。

「二百両はどこじゃ？　早《はよ》う見せてみよ」

「はいはい」

自慢げに多恵が取り出したのは切り餅八つ――〆《しめ》て二百両。

「いやはや目出度《めでた》い。儂も手を汚した甲斐があったというものじゃ」

「私の持参金というのをお忘れになられては困りますよ」

「分かっておるわ。ささ、近《ちこ》う寄れ」

「まぁ嬉しい」

「どれ、可愛がってやろうぞ」

「いやん」

辺りを憚ることなく、多恵は嬌声《きょうせい》を上げる。

天井裏では、純三郎が吐き気をもよおしそうになっていた。

辻番所に駆け戻った純三郎は、すべてを留蔵と伊織に伝えた。
「そういうことだったのかい……」
留蔵が沈鬱《ちんうつ》な表情で黙り込む。
清助が死したことにより、裏稼業人狩りの脅威が去ったのは有難い。
だが、このまま何も知らぬ振りをするのも心苦しい。
斎藤父子の死は、捏造《ねつぞう》されたことだったのだ。
理不尽に命を奪われた無念を晴らすことなく、放っておくわけにもいくまい。
思い悩んでいたのは伊織も同じである。
純三郎よりも年嵩だけに、世の中が理不尽なのは重々分かっていた。
先々のことを考え、地道な努力を怠らぬ者が短慮な、目の前の欲望を満たすこと
しか頭にない愚劣な輩に金品ばかりか、時として命まで奪われる。
いつの世にもありがちな話だ。

赤の他人がどんな酷い目に遭ったところで意に介さず、お気の毒にと思った後は自分が同様の災厄に巻き込まれぬように気を付ける。

それが世間というものである。

だが、辻番所一党は違う。

他者の無念を背負って悪を討つことを、稼業にしているからだ。

しかも、この件は公《おおやけ》に裁きを付けてもらうのが難しい。

奉行所に訴え出たところで相手にされぬであろうし、恵吾を通じて裁きを付けてもらうのも至難だろう。如何にして真相を知ったのかと問われたところで、まさか忍び込んで盗み聞いたとは答えられないし、多恵と兵庫を取り調べの場に送り込むことが叶ったとしても、あの二人が素直に白状するとは思えない。

そもそも、誰からも復讐を頼まれてはいないのである。

死んだ清助と重太郎はもとより、存じ寄りの何者からも、一文の銭とて託されてはいないのだ。

勝手に報復に乗り出すなど、驕《おご》った考えでしかあるまい。

一体、どうすればいいものか――。

純三郎がおもむろに袴を脱いだ。

着物の下から取り出したのは、道中用の胴巻き。

以前に掏摸に遭ったのに懲り、所持金を携帯するために用いているものだ。

「止《よ》しねぇ、純の字」

中身を掴み出そうとするのを、そっと留蔵が押しとどめる。

「お前さん、身銭を切ろうってのかい」

「そうするより他にあるまいぞ、おやっさん」

「おきやがれ。一度ならず二度までも、差し出がましい真似をするつもりかえ」

「む……」

純三郎は押し黙る。

以前にも同じことをしようとして、留蔵にぶん殴られたのを思い出していた。

「おやっさんの申す通りぞ、純三郎」

伊織が静かな口調で言い添える。

「おぬしが斎藤氏《うじ》に世話になった身であれば、自腹を裂いて事を為すのもよかろうぞ。恩義に報いることになるのだからな……されど、違うであろう」

「……」

純三郎は清助に助けられたわけでも、何を教わったわけでもない。

ただ、その偏屈ながらも真摯な姿勢から勝手に学んだだけだった。

それでも得るものがあったと言い張り、手持ちの銭をぶちまければ伊織と留蔵も突っ返しはしないだろう。

だが、そんな真似をしたところで清助は喜ぶだろうか。

浪人を装った兵庫の家士たちを蹴散らしたときと同様に、余計なことをするなと悪党面を顰《しか》めるだけなのではあるまいか。

胴巻きを手にしたまま、純三郎は黙り込む。

と、辻番所の前に何者かが立った。

「安心しねぇ。俺だよ」

「滝夜叉の……」

「久しぶりだな、とっつぁん」

驚く留蔵に、佐吉は懐かしげに微笑み返す。

しかし、続く言葉は剣呑《けんのん》なものだった。

「話は聞いたぜ」

「えっ」

「若いのが血相を変えて番所に駆けてくのが、店先から見えたんでな……悪いとは思ったけどよ、ちょいと盗み聞きをさせてもらったってわけさね」

「お前、どういうつもりだい」

「がたがた言いなさんな。今さら隠し立てする間柄じゃねぇだろ」

留蔵にうそぶく不敵な態度は、滝夜叉の異名を取った往年そのままだった。

気配を殺して身を潜めることも、相変わらず心得ていたらしい。

かつて兄貴分だった留蔵にしてみれば、当然ながら面白くない。

「けっ……お前さん、十手持ちでもねぇくせに御用風を吹かせるつもりかい。堅気さんは無茶をしねぇで、せいぜい後生を大事にするがよかろうぜ」

「おお、怖い怖い」

凄んでみせても、佐吉は薄く笑うばかり。

留蔵の負けん気が健在なのを、逆に喜んでいるかのようだった。

続いて佐吉が口にしたのは、意外な一言。

「なぁ若いの。詫び料が欲しくはねぇか？」

「何のことだ、佐吉殿……」

「決まってらぁな。斎藤の旦那に付きまとわれた埋め合わせさね」

戸惑う純三郎に、佐吉は畳んだ手ぬぐいを拡げてみせる。

現れたのは三枚の一分金。重太郎が『あがりや』の勘定として先払いした、一両のお釣りである。

「冥土《めいど》までお返しに上がるわけにもいかねーし、どうしたもんかとお峰と二人して思案したんだが、あらぬ疑いで災難を被《こうむ》っちまったお前さんに取っといてもらうのが一番よかろうと思ってな……さあ、遠慮せずに納めてくんねぇ」

御法破りの裏稼業とはいえ、殺しを請け負うには恨みを託した金を、筋の通った形で受け取ることが欠かせない。

そうした不文律を守らなければ誰彼構わず殺人を引き受け、相手が善人だろうと意に介さずに始末しまくる、外道がはびこってしまうからだ。

現役の岡っ引きだった頃に辻番所一党と敵対し、江戸の暗黒街の裏事情にも精通している佐吉は、かかる事情を承知の上。

純三郎に渡した板金《いたきん》は三人の会話を盗み聞いた後、店に取って返して持ってきたものである。お峰は与《あずか》り知らぬことだった。

斎藤父子の無念は、佐吉としても晴らしてやりたい。

まだ十手を握っている身ならば、自ら片を付けてやっても良かった。

だが、今の佐吉は居酒屋のあるじにすぎない。

危険な御用に臆せず挑めるように独り身を通していた頃と違って、店だけでなく恋女房のお峰も護っていかねばなるまい。

となれば、恃《たの》みに出来るのは旧知の辻番所一党のみ。

佐吉は斯様に考え、あくまでさりげない風を装って、純三郎に恨みの銭を託したのであった。

十一

江戸の夜が更けてゆく。

海が近い芝の町では、吹く風も潮《しお》の香りを孕《はら》んでいる。

純三郎は伊織と連れ立ち、兵庫の屋敷に忍び込む。

先に立った純三郎は、伊織を奥の座敷に案内する。

天井裏に身を潜めた二人に気付かぬまま、悪しき男女は眠りこけていた。

座敷に降り立った伊織が行動を開始したのは小半刻後、尿意を覚えた兵庫が小用《こよう》を足しに行ったとき。

「うふん……」

揺り起こすのが伊織であるとは知る由もなく、多恵は甘えた声を上げる。

寝ぼけ眼《まなこ》を見開いたのは、ひやりとした感触を頰に覚えた刹那。

目の前に立っていたのは、墨染めの袷と袴に身を固めた四十男。崩れた色気しかない兵庫と違って、同じ年頃でも凜々しさと気品がある。

思わず見惚《みと》れる多恵だったが、いつまでも陶然《とうぜん》としてはいられなかった。

その男——伊織が頰に押し当てていたのは抜き身の刀。

床の間の掛台から持ち出した、兵庫の佩刀だった。

「誰《たれ》？　誰なのですかっ」

訳が分からぬまま、多恵は恐怖に目を見開く。

突然のことで、すぐには起き上がれずにいる。

ようやく悲鳴を絞り出したのは一瞬の後、己が置かれた状況が理解できてからのことだった。

「た、助けて！　ろ、狼藉者《ろうぜきもの》ー!!」

しかし、誰も助けにはやって来ない。

兵庫は厠《かわや》でのんびりと用を足しており、人払いをされた家士たちは奥の座敷に近付くことなく、玄関脇の用部屋で花札に興じている真っ最中。

先に天井裏から降り立ち、屋敷内の状況を調べてきた純三郎の報告を受けた上で伊織は多恵を起こしたのだ。

すでに伊織は枕元から離れ、悪しき女と間合いを取って向き合っていた。

手にした刀が、すーっと上がる。

こちらの動きを見極めながら、振りかぶろうとしているのだ。

「ひ！」

多恵は慌てて飛び起きる。

しかし、逃れることは叶わない。

一瞬の間を置いて、定寸の刀身《とうしん》が振り下ろされた。

どっと多恵が畳に叩き付けられたのは、斬り付けた刀勢の強さの為せる業。

かつては兵庫の妻のものだった、綸子《りんず》の寝間着が朱に染まる。

袈裟懸けの一刀は、多恵の首筋から脇腹までを存分に切り裂いていた。

伊織が事を終えた刹那、廊下に面した障子が開く。

何も知らない兵庫が、長小便を終えて戻ってきたのだ。

「な……何奴！」

朱《あけ》に染まって動かぬ多恵に啞然としながらも、きっと兵庫は伊織を見返す。

外道ながらも腹が据わっていたが、掛台の佩刀が大小共に消えてしまったのには気付いていない。

自分の脇差が純三郎の手に握られており、切っ先をこちらに向けて背後から忍び寄るのも察知できずにいた。

「ぐうっ!?」

苦悶の声を上げ、兵庫がのけぞる。

わざと背中を貫いたのは、多恵が不意打ちをした形に偽装するため。

その多恵を伊織がいつになく荒々しい太刀筋で斬り倒したのも、刺された兵庫が死力を振り絞り、怒りに任せて為したことと見せかけるのが狙いだった。

立ち位置をあらかじめ計算した上での密殺は、畳と障子に散った血飛沫《ちしぶき》にも違和感がなかった。直参の犯罪を取り締まり、斯様な事件が起きた折には現場検証にも立ち入る目付衆とて、まさか第三者による他殺とは見抜けまい。

後は速やかに退散し、御法の下で落着するのを待つばかり。

ところが、去り際に純三郎が奇妙なことを始めた。

床の間の違い棚から手文庫《てぶんこ》を持ってきて、兵庫の亡骸の傍らに置いたのだ。

多恵から受け取った二百両が余さず収められているのを、あらかじめ確認した上でのことだった。

「何をしておるのだ、純三郎」

「最後の仕上げをさせてくれ、伊織さん」

「仕上げとな？」

「すぐに分かる……」

それだけ告げるや、先に立って庭に出る。

訳が分からぬまま、伊織も後に続く。

庭に身を潜めた二人と入れ違いにやって来たのは、五人の家士。

奥の座敷から悲鳴が聞こえたと言い出した者が居り、まさかと思いながらも念のために様子を見に来たのだ。

果たして、悪い予感は当たっていた。

「と、殿……」

廊下まで血飛沫が散った凄惨《せいさん》な光景に、家士頭はたちまち息を呑む。

残る四人も絶句するばかりであった。

しかし、いつまでも驚いてはいられない。

ここで家臣として為すべきは速やかに、分担して現状に対処することだ。

主君の亡骸を浄めて安置すると同時に兵庫の親類縁者の許へ急を知らせ、今後の対策を講じてもらう。幕府に届けるのは、この不名誉な死をどのように言い訳するのかについて、結論が出てからの話だ。

手を下した慮外者《りょがいもの》も、もちろん放ってはおけない。

公の探索を行うのは目付だが、逃走したばかりの今のうちに足取りだけでも押さえるべく、夜を徹して駆け回るのが家臣たる者の使命。運良く遭遇できれば、その場で討ち取っても忠義の顕《あらわ》れとして許されるはずだ。

ところが、五人の家士はいずれの行動も取らなかった。

「に、二百両か……」

「斯様な大金、二度とはお目にかかれまい……」

「たまらぬのう」

「や、山分けで構わぬな？」

「一分《いちぶ》と違《たが》わず五等分せい！　ごまかさば承知せぬぞっ」

家士たちは嬉々として、手文庫から切り餅を摑《つか》み出す。

純三郎が、わざと蓋《ふた》を開けておいたのだ。

切り餅は一分金を百枚ずつ、角餅の形に梱包《こんぽう》したものである。

金額が合っていることは取り扱いの両替商の捺印《なついん》によって証明されており、取り引きの上では一包ごとに授受されるため、むやみに包み紙を破くことはしない。

だが、二百両を端数まで山分けするとなれば話は違う。

一人頭四十両ということは、一分金で百六十枚。

つまりは切り餅一つに加え、バラの板金《いたきん》を各自六十枚ずつという計算になる。

「ほれ、今一度勘定せぬか」

「うるさいのう、ならば算盤《そろばん》を持って参れ！」

「儂はいかんぞ。幼き頃より不得手だからの」

「わ、儂もだ」

「ならば黙って見ておれ!!」

勝手なことを言い合いながら、五人の家士は板金を山分けするのに忙しい。

あるじの亡骸が冷たくなっていくのに見向きもせず、分捕った手文庫の蓋にぶちまけた一分金を、せわしくつまみ上げていく。

このまま兵庫をほったらかし、金を奪って遁走《とんそう》するつもりなのだ。

浅ましい光景を、純三郎と伊織は庭先から無言で眺めやっていた。

共に武芸者の心得である隠形《おんぎょう》の法を用い、抜かりなく気配を消しているので、頭に血が上ってしまった家士たちは、先程から気付きもしない。

二人が小声で交わす言葉も、誰の耳にも届いていなかった。

「どうする、伊織さん？」

「……放っておけ。斬る値打ちもあるまいぞ」

「そうか……ならば、好きにさせてもらうといたそう」

ふっと笑って、純三郎は腰を上げる。

座敷に突入するのかと思いきや、そのまま先に立って庭先から離れていく。

斬る値打ちもない輩と見なしたのは、純三郎も同じだった。

外道とはいえ、主君を蔑《ないがし》ろにするとは呆れた話。

まして亡骸を粗末に扱い、金を奪うなど言語道断である。

純三郎は、五人の家士を試したのだ。

もしも家士たちが武士道の習いに則し、二百両に手を付けることもなく速やかに臣下らしい行動を起こせば、見逃してやるつもりであった。

彼らは斎藤父子を襲撃したとはいえ、命まで奪ったわけではない。

それに主君の兵庫から命じられて動いた以上、あくまで忠義ゆえの行動だ。

斯様に判じればこそ、伊織は残って討とうとは考えなかったのだ。

しかし、純三郎の考えは違っていた。

彼らはたまたま斎藤父子を斬るに至らなかっただけで、もしも純三郎が阻止しなければ、多勢に無勢で嬲《なぶ》り殺したのではないか。

それに彼らが清助を疲弊させていなければ、兵庫と多恵の不意打ちをかわすことも出来たはず。

結果として、悪事の手先を務めたことに変わりはないのだ。

とはいえ、問答無用で斬ってしまうのは非情に過ぎる。

純三郎は斯様に考え、家士たちを試したのだ。

あくまで主君を第一に考えて行動するのであれば、罪はなし。

されど、金に目が眩《くら》む手合いならば話になるまい。

ここから先は、南町奉行所の密偵としての仕事である。

屋敷から逃げ出したのを尾け、落ち着いた場所を確かめたら恵吾を通じて目付に訴え出て、一網打尽にしてもらうつもりだった。

十両盗めば死罪になるのが御法の定め。

それを一人頭四十両も盗み出したとなれば、言い逃れなど出来まい。

ましてや無二であるはずの主君の亡骸を放置し、女と殺し合って果てたという恥ずべき事実の隠蔽を一族の者に相談することもしなかった以上、武士として腹を切らせてもらうことも許されまい。捕まれば不忠者の極みと見なされ、士籍を剝奪《はくだつ》された上で盗賊の類《たぐい》と同様に土壇場で斬首されるのがオチだろう。伊織と純三郎が手を汚す値打ちもない輩には、ふさわしい仕置《しおき》が待っているのだ。

（あ奴らに比ぶれば蝮殿も重太郎殿も、見上げた武士《もののふ》であったことよ……）

浅ましい光景に背を向けて、純三郎は胸の内で嘆じずにいられない。

後に続く伊織も押し黙っている。

衆生《しゅじょう》たちのさまざまな想いをよそに、秋の夜は粛々《しゅくしゅく》と更け行くばかりであった。

十二

ともあれ、辻番所一党は安息の時を得た。

「今度ばかりは肝を冷やしやしたねぇ、伊織さん」

「うむ……。お互いに無事で何よりだったの、おやっさん」

「ま、悪運も運のうちってことでござんしょうよ」

伊織に白湯を注いでやりながら、留蔵は微笑む。

そこに立花恵吾と正平、そして純三郎が顔を見せた。

根津界隈を見廻りの持ち場とする一行が辻番所に立ち寄るのは、いつものことである。純三郎が同行していても、留蔵と伊織は素知らぬ顔をするのが常だった。

このところ御用繁多で見廻りは正平に任せきりだった恵吾も、今日は久々に若い二人と行動を共にしていた。

「そのままで構わんぜ。ゆっくりしねぇ」

座り直そうとした伊織を押しとどめ、恵吾は微笑む。

恵吾は当年六十歳。

老いても南町の捕物名人として頼りにされる敏腕同心は、かねてより純三郎だけでなく留蔵と伊織の裏の顔にも薄々勘付いていながら、敢えて取り沙汰せずに見逃していた。立場とやり方こそ違えど、江戸の平和を護るべく力を尽くしているのは変わらないと見なせばこそだった。

斎藤清助が同じ結論にもっと早く達していれば危機は未然に防がれ、父子揃って命を落とさずに済んでいたのかもしれない。

好敵手の清助が重太郎と殺し合い、命を落としたのを知った当初は恵吾も落胆を隠せず、心なしか銀髪が薄くなったようにも見えたものだが、悪妻の多恵が浮気相手の川崎兵庫と手を組んでの殺しだったと判明して以来、顔色もいい。

恵吾の問わず語りによると幕府は外聞を憚《はばか》って事を表沙汰にせず、斎藤家と川崎家を共に廃することで落着したという。

二百両を奪った愚かな家士たちの始末も、すでに付いていた。

「上つ方のやることたぁ、だいたい相場が決まってらぁな。都合の悪いことにゃ早々と蓋をしちまって、まともなお仕置なんぞしやしねぇのさ」

「そんなことを言っちまってよろしいんですかい、立花の旦那」

「なーに。お前さん方、ここだけの話にしてくれるんだろ」

にっと留蔵に微笑み返し、恵吾は正平に目を向けた。

「お前もとんだ災難だったが、斎藤を恨んじゃいけねぇぜ」

「分かってまさぁ、旦那」

痩《や》せた顔に、正平は笑みを浮かべる。

清助にぶん殴られた痣《あざ》も薄れ、貧相ながらも明るい表情になっていた。

「人は皆、死ねば仏なんでござんしょう？　仏様をお恨み申し上げるわけにゃ参《めえ》りやせんよ。蝮の旦那も毒がすっかり抜けて、白蛇《しろへび》様にでも生まれ変わりなすったんじゃねぇですかい？」

「ははは、そいつぁいいや。そういうことなら腐れ縁だった俺にもひとつ、面倒をかけられた埋め合わせをしてもらいてぇやな」

久しぶりに恵吾が浮かべた満面の笑みを、一同は無言で見守る。

純三郎も久々に、前向きな気持ちになることが出来ていた。

清助にはさんざんな目に遭わされたが、もはや怒りなど抱いていない。

人は皆、死ねば仏。亡き父も同じはずだった。

いつまでも、過去を恨みに思ってはなるまい。

両親を含めた先祖は、己の生まれ出《い》ずる源である。

大事に想いこそすれども、ゆめゆめ軽んじてはいけない。

そんな心境に至った自分を、純三郎は我ながら成長したと感じていた。

（これもまた、江戸に戻った甲斐ということか……）

だとすれば、肥後を飛び出したために迷惑をかけた人々にも少しは報いることが出来たというもの。

きっかけを作ってくれた斎藤父子にも、改めて感謝をしなくてはなるまい。

いかつい悪人面の父と優美な息子。

実の父子に劣らず強く結ばれていた二人の魂《たましい》が安らかであらんことを、そっと胸の内で祈る純三郎だった。

葵《あおい》の醜聞

一

それは、土肥純三郎が辻番所を通さずに為《な》した闇の裁きだった。

仕置の的として成敗《せいばい》された、外道《げどう》どもの罪状は辻斬り。

許されざる悪事に手を染めていたのは、さる大身旗本の若殿と取り巻き連中。

罪もない町人を続けざまに殺害したばかりか、悪辣《あくらつ》な手段をもって更に多くの命を奪おうとしたとなれば、許しがたい。

裏稼業人として闇裁きの対象とするのにふさわしい相手だが、今度ばかりは留蔵と田部伊織を関わらせるわけにはいかなかった。

辻斬りの正体は徳川将軍家に連なる、十八松平《じゅうはちまつだいら》家の御曹司。

ただの旗本ならば石高《こくだか》がどれほど高かろうと関係なく、当の若殿が詰め腹を切らされた上で父親まで罪に問われ、家名断絶に処されていただろう。

しかし東照大権現《とうしょうだいごんげん》こと徳川家康《いえやす》が家督を継ぐ以前から存在し、葵《あおい》の紋を用いることまで許されている十八松平の一族に手を出せば、無事では済まない。

その点は幕閣も同様で、南北の町奉行所や火付盗賊改《ひつけとうぞくあらため》はもとより、旗本の行状を取り締まるのが務めの目付さえ老中から因果を含められ、夜毎《よごと》の辻斬りは馬鹿殿の仕業と分かっていながら見て見ぬ振りをするばかり。

となれば御法破りの手段を以て人知れず、闇に葬るより他にあるまい。

そして今一つ、辻斬りと対決した純三郎には、自ら始末を付けなくてはならない理由があった。

金に飽かせて蒐集《しゅうしゅう》した、長曾禰虎徹《ながそねこてつ》をはじめとする新刀の逸品、そして近年に水心子正秀《すいしんしまさひで》らが新々《しんしん》刀と称して手がける、鎌倉《かまくら》の世の太刀を理想として作られた長尺の剣に血を吸わせることに飽きてしまった馬鹿殿が、夜毎の辻斬り行脚《あんぎゃ》に新たに用いていたのは、江戸開府前に作られた古刀《ことう》。

それも戦国乱世屈指の名将である加藤清正が庇護し、無類の剛剣の作り手として知られた、肥後《ひご》熊本の同田貫一門の作を手に入れたのだ。

在りし日の清正が治めた熊本藩は、同じ肥後でも相良の隣国。同田貫一門は清正と嫡男の忠広《ただひろ》にのみ仕え、細川氏が熊本藩主となった後は刀を鍛えるのを止めてしまっている。

近年になって世に出回り始めた同田貫は、水心子正秀らと呼応した一門の末裔《まつえい》が手がける長尺の新々刀だが、かつて清正麾下《きか》の将兵が用いたのは寸が詰まっていて定寸より短く、鎧武者《よろいむしゃ》が片手でも抜き差ししやすいものが多かったという。

それでいて鉄の兜《かぶと》をも断ち割る、肉厚で豪壮な刀身を備えていればこそ、精強の加藤軍団を支える武用《ぶよう》刀たり得たのである。

清正公が愛した同田貫は、今も昔も肥後の武士たちの誇り。

悪事に用いることなど、許せない。

純三郎は斯様《かよう》に思い定め、辻斬り退治に挑んだのであった。

「ぎゃっ！」

夜更けの大川堤《おおかわづつみ》に、苦悶の悲鳴が響き渡る。

その夜に犠牲となったのは、大店《おおだな》の奉公人と思《おぼ》しき若者。お仕着せの着物は木綿ではあるが太織りで、若いながらも番頭と見なされた。

よろめく若者に走り寄ったのは、二人の若党。

一人が抜き身の大脇差を振り抜き、若者を斬り倒す。

初太刀《しょだち》を浴びせた若殿より腰の据わった、的確な一撃だった。

どっと倒れ込んだ若者に、今一人の若党が駆け寄る。

狙ったのは、絶命しても抱えたまま離さずにいた信玄袋《しんげんぶくろ》。

口紐を解《と》くや、現れたのは夜目にもまばゆい小判と板金《いたきん》。売掛金を回収しに出かけた帰り道、獲物を探す悪しき主従と運悪く出くわしてしまったのだ。

ところが凶刃を振るった若殿は、金になど指一本触れようとしなかった。

「そろそろ飽いたな……」

血に濡れた同田貫をお付きの用人に渡すと、苛立たしげにつぶやく。

若党どもが死人から奪い取った袋には、見向きもしない。

若殿の関心は斬ること。

ただ、それのみなのだ。

発想そのものは、必ずしも間違ってはいないと言えよう。

剣術とは合戦場で古《いにしえ》の武者たちが行使した戦技が体系化されたものであり、その本義は敵を倒すことだからだ。

刃の付いた本身は言うに及ばず、木刀や竹刀も、本義を忘れて振るっていては形だけの真似事になってしまう。たとえ稽古であっても常に実戦を想定し、文字通り真剣に打ち振るう心がけが必須とされている。

されど、断じて好んで用いてはなるまい。

戦場では抜き身のまま担いで持ち歩く刀剣も、平時は鞘に納めておく。

刀剣に鞘があるのは、安全に携帯するためだけとは違う。

行使することを努めて避け、己を戒めるのに必要なのだ。

武士は平安の昔から戦いが役目であり、合戦場に赴《おもむ》くのは仕える主君のために敵を討つのが前提だが、平時には人を斬る折など、まず有り得ない。

江戸開府から二百三十年が過ぎた今日《こんにち》に、刀を抜くのは一生に一度あるかないかのこととされていた。本来は戦闘員である武士といえども、実際に人を斬るのは仇討ちや上意討ち、介錯を命じられたとき、あるいは敵に襲われ、わが身を護るときに限られるからである。

日頃から鍛錬を怠らず、外出するときは常に帯びた上で手入れも欠かさずにいるのが、武士たる者の務め。とはいえ、みだりに抜いてはならないのだ。

危害を加えんとする者が現れても先んじて斬りかからず、ぎりぎりまで刀を鞘の内《うち》にとどめて相手を説得すると同時に威圧し、互いに抜かせず抜かず、双方が血を見るに至らぬように場を収める。

そうすることができてこそ真の武士であり、武芸者と言えよう。

まして相手が何もしないのに斬り殺すなど、常軌を逸した悪行でしかない。

辻斬りを繰り返す十八松平の若殿は、剣術の本義を完全に履き違えていた。

それでいて一丁前のことを言うのだから、尚のこと腹立たしい。

「逃げるばかりの素浪人を幾人斬ったところで、張り合いがないわ……。そろそろ骨のある者と、存分に立ち合《お》うてみたいものだのう」

「その儀でしたら、しばしご辛抱くだされ」

受け取った血刀に手際よく拭《ぬぐ》いをかけつつ、中年の用人は答える。

体付きこそ武骨だが、はきはきとしていて如才がない。

「修行とは地道に稽古を積み重ねてこそ実を結ぶものにございまする。恐《おそ》れながら今しばらく、町人どもを相手に腕を磨いてくださいませ」

「その言《い》い種《ぐさ》は聞き飽きたぞ、木村《きむら》」

「ま、ま。今宵《こよい》のところはこの辺りで引き上げましょう」

いかつい顔に愛想笑いを絶やすことなく、木村と呼ばれた用人は取りなす。

本音を言えば、若殿の腕前は褒められたものではない。

子どもの頃から努力が足りず、幾つになっても上達の兆《きざ》しが見えぬのに、刀剣に対する執着は人一倍強かった。

富裕な父親にねだって名のある刀を買い求め、手に取って玩味《がんみ》するだけでは満足できなくなり、犬や猫ばかりではなく生身の人間を斬ってみたいと言い出したのだから、始末が悪い。

そんな馬鹿殿の求めに密かに応じ、親に知られることなく屋敷から連れ出しては辻斬りを繰り返させる用人の木村と若党たちも、救いようのない手合いだった。

「その小判は俺のものだ、早《はよ》う寄越《よこ》せっ」

「おぬしは見張っておっただけではないか。手を汚したのはこっちなのだぞ!?」

「久方ぶりに、であろうが？　とどめを刺した数ならば俺のほうが遥《はる》かに多いわ」

「うぬっ、何を言うか！」

「おぬしこそ黙り居《お》れ!!」

死人から奪った金を取り合い、二人の若党は口論の真っ最中。

若党は正式な士分には非《あら》ざる奉公人だが、中間《ちゆうげん》と違って羽織袴を着用し、お払い箱にされぬ限りは仮の姓を名乗ることもできる。

されど武士の身分標章である大小の二刀までは与えられず、帯びられるのは刀身が二尺（約六〇センチメートル）に満たない、大脇差が一振りのみ。

それでも武家に憧れて幼い頃から稽古に励み、剣術修行を積んできただけに馬鹿殿よりは腕が立つ。

たしかに二人とも凡百《ぼんびゃく》の武士の上を行く腕前だが、若殿の乱行を諫めるどころか、進んで供をするとは呆れた話。

万が一にも士分に取り立てられたところで主家の役には立つまいが、そんなことなど木村にとってはどうでもいい。

未熟な若殿に刃筋《はすじ》の定まらぬ斬撃《ざんげき》を浴びせられ、死にきれずに苦しむ犠牲者たちを黙らせるためにとどめを刺し、いざというときに護衛として役に立ってくれれば十分なのだ。

愚かなれど腕の立つ二人は、若殿の父親である旗本には内緒のため、家士たちを同行させるわけにいかない辻斬り行脚の供として、お誂《あつら》え向きの面々だった。

とはいえ、斬られた者の所持金を毎度《まいたび》取り合うのは困りもの。

懐中物をわざと持ち去り、金が目当ての犯行と見せかけておけば、まさか富裕な旗本の若様の仕業とは、誰も考えまい。

木村がそんな浅はかなことを思いついたのを幸いに、獲物を選ぶ役目の若党どもはできるだけ懐が暖かそうな者にばかり目を付け、若殿に勧めるのが常であった。

「若様の御前であるのだぞ。大概にせい」

浅ましさ全開の若党たちを叱り付けつつ、木村は刀の血脂《ちあぶら》をきれいに拭き取る。

行き届いていたのは刀の手入れだけではない。

今宵も非力な町人を斬ることしか許されず、面白くなさそうな若殿の機嫌を取るのも、老獪《ろうかい》な用人にとっては慣れたこと。

「腕を上げられましたなぁ、若様」

「ふん、見え透いたことを申すでないわ」

用心のために顔を隠した頭巾《ずきん》の下で、若殿は頰をふくらませる。

左腰の鞘を抜き、差し出す手つきも荒っぽい。

「いーえ、滅相もありませぬ」

動じることなく鞘を受け取り、木村は笑顔で言葉を続けた。

「断じて、それがしはつまらぬ世辞など申しませぬ。恐れながら若様に対し奉りましても、思うところを忌憚《きたん》のう申し上げておるだけにございます」

「まことか?」

「はい。今宵の斬り付けは、実に勢いが乗っておりました。踏み込みを常より深《ふこ》うあそばされ、筒立《つつたつ》のままではなく沈《ちん》なる身になられながら、ご存分に刀を振り下ろされたからこそにございまする」

「よう分かったな。その通りぞ」

ぶすっとしていた若殿が、即座に相好《そうごう》を崩した。

鞘に納められた刀を木村に持たせたまま、弾む口調で語り出す。

「そのほうが先《せん》だって手本を示してくれたのを見習《みなろ》うたのだ。小手先でどれほど力を込めて振るうたところで、思うように刀勢は出ぬと申しておった意を、今宵こそ得心《とくしん》いたしたぞ」

「良くお出来になりましたな。天晴《あっぱ》れにございまする」

それはただの自己満足にすぎぬと指摘することもなく、木村は微笑む。

馬鹿殿が望んで止まない「骨のある者」との立ち合いについても、すでに思案をまとめてあった。

「今日明日にというわけには参りませぬが、早々に手配をいたしましょうぞ」

「まことか？　嬉しいのう」

「その折には本所のお屋敷を使いまする。構いませぬな、若様」

「父上が上様より拝領せし、別邸のことか?」

「はい」

「それは構わぬが、何のためじゃ」

「仕官の話を餌にして、素浪人どもを誘い込むのでございまする」

「仕官とな」

そう言われたとたん、若殿は困った表情。

覆面で顔を隠していても、眉根《まゆね》を寄せたのが見て取れる。

困惑の理由は、当人の口から明かされた。

「父上に黙って斯様な真似はできぬぞ。そのほうも承知の上ではないか」

「ご安堵くだされ。何も本当にお召し抱えなされるには及びませぬ……」

微笑みを絶やすことなく、木村は答える。

折り目正しく接する裏で、若殿の甘さを嗤《わら》っているのだ。

罪もない町人たちを斬り殺すという、神をも恐れぬ所業に及んでいながら、若殿は幼い頃から父親に逆らえずにいる。

将軍家に連なる十八松平といえども、収入は必ずしも多くはない。そこで若殿の父である旗本は公儀の取り締まりが緩《ゆる》いのをいいことに金貸しを営み、旗本仲間に金を貸し付けては、せっせと利を稼いでいた。そのおかげで、若殿は高価な刀剣を幾十振りも買い求めることができるのである。

そんな弱みがあればこそ逆らうわけにはいかないし、敢《あ》えて父親と揉《も》めることもしたくはなかった。

厳しい親を持っていれば、子は自《おの》ずと鍛えられる。

しかし、若殿は学問も剣術も、際立って優秀になることを求められてはいない。名のある家を受け継ぎ、維持していければそれでいい。

かかる甘い環境が、凶行に走らせたのだ。

いつの世にも子どもに行き過ぎた教育を課すのは考えものだが、甘やかし過ぎては馬鹿になってしまう。

善悪の判断が付かぬまま成長し、剣術の本義を履き違え、辻斬りを繰り返す若殿こそ哀れなものだった。

とはいえ、夜毎の悪行が許されるわけではない。

家督を継ぐ前とはいえ、二十歳を過ぎた若殿は十分に大人である。

己の考えで事を判じ、武士である以前に人として、やっていいことと悪いことの区別も付くはずだ。

未熟なのを正すことなく、悪事をそそのかす用人の木村こそ真の悪。

求めに応じて辻斬りをお膳立てし、人知れず支えているのは、いずれ若殿が家督を継いだとき、今以上に重く用いてもらうため。

今度は空き屋敷を手配させ、更なる秘密を若殿と共有するつもりであった。

「要するに有りもしない仕官話を浪人どもに持ちかけ、集まりしところをまとめて斬り捨てるということか……愉快だのう、木村」

「本所のお屋敷を使いたいとだけ殿に願い出てくだされば、後はそれがしが段取りを付けまする。委細お任せくださいませ」

「まことに、斬ってしもうても構わぬのだな？」

「むろんにございまする。あやつらは士分とは名ばかりで世の役にも立たず、お手にかけられたところでも文句は言われぬ輩にございますれば」

「さもあろう。この俺に楯突《たてつ》く者など誰も居らぬわ」

「ははっ」

嬉しげに微笑む若殿をよそに、木村は醒《さ》めていた。

愚かな若者に本音を気取《けど》られるほど、甘くはない。

「これで更にお腕前が上がりますぞ。お励みくだされ、若様」

追従《ついしょう》の笑みを浮かべて木村は言った。

一方の若党どもは分捕った金を山分けし終え、亡骸《むくろ》を土手の下に蹴り落とす。辻斬りを繰り返す一行は、事を為した後に亡骸をいちいち処分はしない。現場にそのまま打ち捨てておくか、発見が遅れるように近場に隠す程度だが、たとえ早々に見つかっても案じるには及ばない。

あくまで物盗《ものと》りの犯行らしく見せかけただけであり、誰にも自分たちを捕らえることができないのは、もとより承知の上であった。

「大人しゅう成仏せい。ゆめゆめ化けて出るなよ」

「無念であれば若様をお恨み申し上げよ……大きな声では申せぬが、な……」

土手を転がる亡骸を見送り、若党どもは速やかに駆け戻る。

「井田《いだ》、川野《かわの》、早《はよ》うせい」

「ははっ」

若殿に命じられ、色黒で角張った顔の井田が火を熾《おこ》しに取りかかる。

のっぺりとした顔立ちで色白の川野は、畳んで携帯していた、家紋入りの提灯《ちょうちん》の形を整えるのに余念がない。

葵の御紋の提灯さえ持っていれば、町境《まちざかい》の木戸で足止めされる恐れはない。

町奉行所の廻方同心や火盗改といえども、大身旗本の子弟が相手と見なせば下手に声をかけてくるはずはなかった。

提灯に火が入り、漆黒の闇の中に葵の御紋が浮かび上がる。

「お足元にお気を付けくだされ、若様」

「うむ」

悪しき主従が現場から離れていく。

誰もが悔悟《かいご》の念など微塵も抱くことなく、悠々と歩を進めていた。

二

同時刻、芝の愛宕下藪小路。

「エイ！」

「ヤーッ」

澄み切った夜の空気を裂き、がんがん木刀がぶつかり合う。

「さ、今一度！」

「応《おう》!!」

夜半の庭園で木刀を力強く交えるは、純三郎と相良英次郎。

その夜、純三郎は愛宕下藪小路の相良藩邸に来ていた。

英次郎に所望されて始めた、剣術指南の役目を果たすためである。

今年で十二歳になる英次郎は、相良壱岐守頼之《いきのかみよりゆき》の嫡男。

いずれ肥後相良藩二万二千百石の藩主の座を継ぐ立場の若殿だが、ひょんなことで知り合った純三郎が気に入り、実は脱藩者だったと分かってからも接する態度を変えなかったばかりか、自分の遥か上を行くタイ捨流の指南を受けたいと言い出すほど、贔屓《ひいき》にして止まずにいる。

この英次郎のおかげで純三郎は脱藩の罪を帳消しにしてもらい、代わりに時間を作っては、根津から芝の愛宕下まで足を運ぶようになったのだ。

恩を返すべく始めた剣術指南も、一時は中断を余儀なくされていた。

北町の蝮こと斎藤清助が出現し、相良藩に迷惑がかかると案じた純三郎は英次郎との接触を敢えて断ち、藩邸には近付かずにいたものだ。

そんな純三郎を追い詰め、辻番所一党の壊滅を目論んだ清助が逆に皮肉な最期を遂げたことで脅威は去り、指南も再開するに至っていた。

早いもので、天保六年（一八三五）も十月末。

陽暦ならば十二月下旬。江戸も冬本番を迎えつつある。

年の瀬が近付くにつれて、寒さは日一日と増すばかり。

純三郎にとっては、辛《つら》い季節の到来であった。

(ううむ、今宵は一段と冷えるなぁ……)

元気一杯な英次郎の打ち込みを受けながら、純三郎は胸の内でぼやく。

八歳から二十歳を過ぎるまで温暖な九州の地で育った純三郎は、江戸の生まれでありながら寒さに弱い。

しかも、稽古場所は屋内ではなく夜更けの庭園。

吹きっさらしの野天で木刀など交えていれば、体が暖まる間もなく凍《こご》えるばかりであった。

(せめて綿入れを着ておれば、多少なりとも冷え込みを凌げるであろうに……)

今宵も藩邸を訪れて早々に、純三郎は着替えをさせられた。

お気に入りの純三郎のために英次郎が用意した、揃いの稽古着である。

刺し子の道着も、木綿の袴も、厚い生地で仕立てられてはいるものの、目と鼻の先の江戸湾から絶えず吹き付ける、潮《しお》の香りの濃い寒風を防いでくれるほど暖かくはなかった。

持参の半襦袢《はんじゅばん》を下に着込んでいても、冷えて仕方がない。

江戸では秋の衣《ころも》替《が》えとして陰暦九月一日に単衣《ひとえ》から袷に、同じく九日に袷から綿入れに着衣を改め、年明けの三月末日まで用いる習わし。

着物の裏地に綿を詰めることによって保温効果を持たせた綿入れは、秋たけなわ九月から十月にかけての晴天が続く時季こそ些か暖かすぎるが、年末年始の厳寒の折は実に有難い。

寒いのが苦手な純三郎にとっては尚のことだが、英次郎が用意してくれた稽古着を断り、常着のままで木刀を握るわけにもいかなかった。

（こんなことならば襦袢をもう一枚、持参いたすべきであったなぁ。さりとて若様が平気な顔をしておられるというのに、寒いとも申せまい……ぶるるっ）

寒風に震えながら、純三郎は重ねて胸の内でぼやいた。

いつもの俊敏な動きも、冬本番さながらの寒気の直中では精彩を欠いていた。

屋内の道場でさえ冬場の朝夕は床板が氷の如く冷え切り、暖かいのは自分の足の裏で繰り返し擦ることにより、熱を帯びた場所のみ。

吹きっさらしの、しかもだだっ広い庭に立っていれば寒いのも当たり前だ。

相良氏が幕府から拝領した藩邸の用地の広さは、およそ三千四百坪。

根津近くの本郷にある加賀藩邸は十万三千八百坪、小石川《こいしかわ》の水戸徳川家の上屋敷は十万一千八百坪と桁違《けたちが》いに広大であり、比べるべくもない。

相良氏は加賀百万石や御三家の水戸藩に対し、わずか二万二千百石の外様大名にすぎないからだ。

それでも三千坪余りの土地を公儀から無償で与えられ、屋敷を構えていられるのだから、申し分ないと言えよう。

今年も残すところ二月《ふたつき》。

相良藩邸では、庭の冬支度が滞りなく済んでいた。

庭木は剪定《せんてい》が行き届き、落ち葉も屋敷に奉公する中間たちが日々こまめに掃いているので、風に煽《あお》られて散らばることもない。

そんな景観も、純三郎にとっては好ましからざるものであった。

葉が散り、枝もきれいに間引かれた木々は、凍《い》てつく風を遮ってくれない。

夏の暑い盛りに涼を誘ってくれる池も、冬は寒さの元凶となるばかり。

夜風は水面《みなも》を渡って更に冷たさを増し、畔《ほとり》で木刀を交える純三郎と英次郎に容赦なく吹き付ける。

（ううっ……さ……寒い……）

稽古が打ち続く中、純三郎の手足は強張《こわば》る一方。

対する英次郎は、冷え込みをものともしていなかった。

「エイ！」

元気一杯に気合いを発し、打ち込む木刀は勢いも十分。

すかさず純三郎は鍔元近くで受け止め、ぐいっと押し返す。

負けじと英次郎は踏みとどまる。

意気込みは大したものだが、技はもとより力も純三郎には及ばない。

「くっ」

弾《はじ》き飛ばされながらも、少年は負けじと木刀を振りかぶる。

「参るぞ、土肥！」

勇ましく声を上げるや、英次郎は右甲段から衣紋振りの一撃を放つ。

刹那、ぶつかり合った木刀が音高く鳴る。

「もうよろしいでしょう。降参なされまするか、若様？」

「まだまだっ」

英次郎は懸命に腰を入れ、合わせた木刀を押しこくる。

しばし付き合った上で純三郎は突き放す。

力強くも加減をした動きであった。

寒さで満足に体が利かぬ状況の下でも、純三郎は気遣いを忘れていない。

先程から自ら進んで打ち込まず、遮二無二《しゃにむに》攻めかかる英次郎の木刀を受け止めては押し返し、再び打ち込みを誘うことのみに徹していた。

押し返すときも周囲に気を配り、誤って池に落ちたり、仰向けに転んでしまわぬ程度に力を抑えている。

厳しい冷え込みに凍えながらも、誤って英次郎を傷付けてしまうのを避けるために配慮を欠かしていなかった。

そんな気遣いも、生意気盛りの御曹司には無用のことだったらしい。

「どうした土肥！　手加減など、無用であるぞ‼」

小柄な体じゅうに負けん気をみなぎらせ、英次郎は声を張り上げる。

構えを取り直し、再び右甲段に木刀を振りかぶっていた。

「先程から何をしておるのだ？　そなたも打ち込んで参らぬか！」

幾ら攻めても純三郎が受けるばかりであることに、明らかに苛立っている。

誰であれ、どうでもいい者に感情を剝き出しにはしない。

まずは様子を窺い、出方を見るのが先である。

我がままな英次郎も、相手は選ぶ。

誰彼構わずに喧嘩腰になったり、挑発したりするほど愚かでもない。

純三郎を友と見込み、本気で向き合ってほしいと思えばこそ、傍若無人《ぼうじゃくぶじん》に振る舞いたくもなる。

藩邸に呼び出して稽古の相手をさせるのも、肥後の国許で身に付けたタイ捨流の腕前を認めると同時に、全幅の信頼を寄せていればこそなのだ。

英次郎にとって純三郎は腕が立つばかりではなく、人柄も好もしい。

出来ればこのまま召し抱え、剣術師範として幾久しく、手許に置きたい。

しかし、大抵の我がままは聞き届けられる御曹司といえども、家中の人事権まで好き勝手にはできない。

次期藩主に決まっているとはいえ、英次郎は元服前の少年。

愚鈍には非ざるものの、的確に采配《さいはい》を振れるほど賢くはなく、世慣れてもいないため、年長の家臣たちからは良い意味で丸め込まれるのもしばしばだった。

相良藩の江戸における大使館と言うべき藩邸の管理は江戸家老、幕府および他の大名家との付き合いは留守居役に一任されており、何もかも英次郎の思い通りには事が運ばぬ仕組みが整っている。

にも拘わらず純三郎の出入りが許されたのは、江戸家老と留守居役が揃って同情を寄せたからであった。

藩邸の実権を握る二人は、貧乏郷士から藩士に抜擢された、江戸詰の優秀な人材だった真野均一郎と、まだ十四歳だった嫡男の道之進を手にかけたのが何者なのか不明のまま、家名を断絶させた張本人。

江戸家老も留守居役も幼い純三郎まで厄介払いするかの如く、遠い肥後に送ってしまったのは厳しすぎたのではないかと、今更ながら悔いていた。

なればこそ英次郎の望むがままに脱藩の罪を帳消しにし、稽古相手として藩邸へ密かに出入りさせることも認めたのだが、これ以上は優遇できかねる。

稽古の時間を夜に限定したのも日中では人目に付いてしまい、脱藩者の純三郎がなぜ若様のお相手をしているのかと藩士たちの間に疑問と嫉妬が生まれ、要らざる波紋を家中に拡げることになりかねないからだ。

そんな大人たちの思惑など、英次郎の知ったことではなかった。

できることならば毎日でも、純三郎に稽古の相手をしてもらいたい。幕府の人質《ひとじち》として生まれたときから江戸の藩邸で籠《かご》の鳥に等しい暮らしを強いられ、肥後には一度も足を運んだことがない自分に、国許の話も聞かせてほしい。

それほど期待を寄せて止まずにいるのに、貴重な稽古の時間中に手抜きをされては腹が立つ。

この調子では藩邸の重臣たちに我がままを押し通し、仕官をさせようにも不安になってしまうではないか。

英次郎は可愛さ余って憎さ百倍の心境だった。

「手ぬるいぞ、土肥っ！」

間合いを取り直すや、木刀を高々と振り上げて右甲段の構えとなる。

「何のためにそなたを呼んだと思うておるのだ？　手加減をしてもらいたくば家中の者どもで事足りるわ!!」

つい先頃まで幼さの残っていた声も、大人びたものに変わりつつあった。

それでいて、続いて口にした内容は微笑ましい。

「分かっておるのか。そなたが来てくれねば、私は稽古もままならぬのだぞ？」

「何故《なにゆえ》でありますか」

「決まっておろう。私の打ち込みが届かぬからだ」

「如何なることですか、若様」

「……皆、背が高すぎるのだ」

「はて、御小姓衆《おこしょうしゅう》でしたら拙者とさほど変わらぬことかと存じまするが……」

「大男ばかり揃《そろ》うた職があるだろう」

「されば、若様は御馬廻衆《おうままわりしゅう》とお稽古をしておられるのですか」

「仕方あるまい。小姓どもは遠慮ばかりしおって、歯ごたえがないからな」

「成る程……」

凍てつく寒さも一瞬忘れ、ふっと純三郎は微笑んだ。

英次郎は十二歳の少年にしては四肢《しし》が太く、腰周りも肉付きが良い。

学問よりも武芸を好み、素振りをするばかりでなく庭の木々に登ったり、勝手に鍬《くわ》を持ち出して土を掘り返し、独自に鍛錬に励んでいればこそだった。

されど、体を鍛えるばかりでは剣術は上達しない。

あくまで対敵動作である以上、どんなに筋肉を鍛え上げても、肝心《かんじん》の体《たい》のさばきが実戦の理《り》に適《かな》ったものでなくては、無意味だからだ。

故に相手が必要なのだが、小姓たちでは用を為さない。

そこで英次郎は純三郎が藩邸に来られなかった間、馬廻組の面々を相手に稽古をしていたらしかった。

馬廻組は書いて字の如く、藩主の馬前を護る精鋭部隊。他の大名や旗本の行列を威圧するため、主に六尺（約一八〇センチメートル）近い大男が選ばれて任に就く。

そんな巨漢たちと稽古を重ねていれば、強くなるのも当たり前。

もちろん若君を相手に本気など出さずにいるとはいえ、屈強な巨漢とばかり打ち合っていれば、腕力も足腰も自ずと鍛えられたに違いない。

とはいえ、良いことばかりとも限らなかった。

英次郎は体付きこそたくましいものの、背が低いのが悩みの種。これからも伸び続けるはずとはいえ、同じ世代の子どもの中に交じれば明らかに小さい。

身の丈が六尺を越える者もいる馬廻組とばかり木刀を交えていれば、自分が小柄なのをつくづく思い知らされ、萎《な》えたとしても無理はない。

その点、純三郎は大きすぎず小さすぎず、釣り合いが取れている。

しかも馬廻組に増して鍛えられており、強さばかりか技も申し分ない。

それでいて衆を頼まず、脱藩して一人きりになっても江戸に居着こうと志す芯の強さまで兼ね備えているとなれば、滅多にいない人材だ。

なればこそ英次郎は純三郎に執着し、限られた稽古の時間を無駄にすることなく打ち込み続けずにいられないのである。

そこまで見込んだ相手に手加減されては、腹も立とうというもの。

英次郎は先程から、そう言いたかったのだ。

「私の身にもなってみろ、土肥」

絶えず寒風が吹き付ける中、英次郎は赤くなった頰を膨らませる。

「身の丈の釣り合いが取れた小姓どもでは歯ごたえがなく、さりとて馬廻衆は大きすぎて手に負えぬし、頼みのそなたは手加減をしすぎる。難儀なことじゃ」

「ふふふ……それはお困りでありましょう」

鼻をひくつかせる様は子どもらしく、純三郎は釣られて微笑んだ。

「何を笑《わろ》うておるか、土肥っ」

たちまち、英次郎は苛立った声を上げる。

「そなたのことを言うておるのだぞ！　口よりも手を出さぬか、阿呆《あほう》め！」

告げるや否や、ぶんっと木刀を横殴りに振るう。

「ははは、ご勘弁くだされい」

すかさず縦にした木刀で受け止める純三郎は、先程までよりも体さばきが軽やかになっていた。思い切り笑ったのが良かったのか、先程まで硬く強張っていた四肢が意のままに動き始めたのだ。

「いざ参るぞ、土肥！」

「応！」

勢い込んで打ちかかる英次郎に、純三郎はすかさず応じる。

木刀が続けざまにぶつかり合う。

「ヤーッ！」

英次郎の発する気合いは力強い。

凍てつく寒さをものともしない、やる気十分の姿勢だった。

もとより体力も業前も、純三郎の域には遠く及ばぬ英次郎である。

なればこそ本気を出し、力の限りに打ちかからずにはいられないのだ。

応じて木刀を振るう純三郎も、もはや冷え込みに負けてはいない。

これほどまでにやる気を見せている以上、教える立場として力を惜しむことなく応えなくてはなるまい。

純三郎にとって、英次郎は好もしい少年だった。

乳母日傘《おんばひがさ》育ちのお坊ちゃんは大嫌いだが、英次郎とは初対面の頃から屈託なく接することができている。

生意気ながらも素直であり、驕《おご》り高ぶったところが皆無なのだ。

脱藩の罪を帳消しにしてもらった恩も、もちろん忘れていない。

別に相良氏に仕えていたわけではなく、土肥家の一奉公人にすぎなかった純三郎だが、勝手に藩領の外へ出れば罪に問われるのは同じこと。

英次郎に置き換えれば、幕府の許しも得ずに江戸を離れるようなものである。

重い罪に問われ、当人はもとより親も無事では済むまい。

今にして思えば、無茶なことをしたものだった。

もしも藩邸の追っ手に捕まっていれば今頃は国許へ送られ、下手をすれば死罪に処せられていたことだろう。

そんな危うい立場から救い出してくれたのが、英次郎なのだ。

好もしい相手、しかも命の恩人と思えばこそ、純三郎は根津から芝まで足を運ぶ労を厭《いと》わず、稽古の相手を務めていた。

凍てつく夜の冷気に閉口させられる以外、不満など有りはしない。

もちろん上下の分を弁《わきま》え、常に礼儀を失さぬように心がけている。

自然と折り目正しく振る舞いたくなるのであり、かつて裏稼業で始末した旗本の馬鹿息子に覚えた嫌悪感など、微塵も抱いていなかった。

それというのも、この少年には同情に値する点が多いからである。

文政《ぶんせい》七年（一八二四）に藩邸で誕生して以来、英次郎は将来受け継ぐ肥後人吉《ひとよし》の地を一度も踏んだことがない。

父の頼之に側近《そば》くで仕え、藩主としての心得を教わることができるのも参勤交代で江戸に下ってきたときのみに限られている。

未だに元服前の英次郎にしてみれば、寂しくないはずがあるまい。

相良氏に限らず、大名は一家揃って暮らすことがままならなかった。

自身は参勤交代の制に従って国許と行き来する一方、正室とその子どもを江戸に留め置く理由は、諸大名の叛乱《はんらん》を疑う幕府に人質として差し出さざるを得ないからである。江戸城中に囚われるのではなく、後の世の感覚で言えば大使館に相当する藩邸の奥にて暮らすのだが、国許へ勝手に戻るのはむろんのこと、御府外に出るのさえ禁じられているとあっては、籠の鳥にも等しい。

そんな英次郎もいずれは父の頼之の後を継ぎ、二万二千百石の大名となることを約束されている。家督相続が成立すれば晴れて帰国を認められ、新しい藩主として国許の臣民にもお披露目をする次第となるのだ。

そのときは鎌倉の昔に肥後に居着き、南北朝の動乱から戦国の乱世に至るまでの激動の時代を生き延びてきた相良氏の当主らしく、文武の両道に長じた、堂々たる姿を示したい。

斯様に考えた英次郎は己を磨くべく、日々の精進を怠らずにいる。

幼いながら見上げた心がけだが、学問を疎《おろそ》かにして剣術の稽古にばかり熱中するのは、若君の身を預かる藩邸のお歴々としては困りものだった。

太平の世の大名は、戦国の武将とは違う。実力次第で幾らでも領土を拡げることができた乱世と異なり、絶対の存在である幕府の意向に沿いながら損をせぬように上手く立ち回ることこそが肝要なのであり、強さなど求められない。

まして相良藩は二万石の小名ながら、幕府との繋がりが強かった。

薩摩藩と隣り合わせの地の利を活かして島津氏の動向を牽制する一方で、幕府が直轄する天領である天草の一部を与えられて、九州近海の抜け荷を監視する任まで担っていた。しかも藩の御流儀たるタイ捨流の相良忍群を幕府に貸し出し、御庭番《おにわばん》の増強に一役買っているというのも、他の大名家には有り得ぬこと。

九州の一外様大名でありながら幕府から頼りにされている相良氏の当主が、剣術しか頭にないのでは困ってしまう。

江戸家老と留守居役が英次郎の腕白ぶりに頭を痛め、命じられるがままに稽古の相手をするばかりでなく、頃合いを見て意見をしてくれぬかと、かねてより純三郎に頼んでいたのもうなずけることだった。

だが、英次郎はこれでいいと純三郎は思う。

大人になっても今のままでは話にならぬが、子どもの頃から要領よく生きることばかり考えていては、碌《ろく》な大人になれまい。せめて元服して名を改め、大人の仲間入りをするまでは、権謀術数と無縁の場所で伸び伸びと過ごしてほしい。

英次郎の真《ま》っ直《す》ぐな性格は、太刀筋にも顕《あらわ》れていた。

小手など狙うことなく、いつでも真っ向勝負で挑んでくる。

上手くはないが、その心意気は見事である。

藩の御流儀を学ぶのは、大名にとっては嗜《たしな》みのようなもの。

尾張《おわり》藩における柳生新陰流の如く、歴代藩主と剣術師範が宗家の座を互いに伝え合うほどの伝統があれば話は別だが、あくまで殿様芸として、適当に形だけ学んでおけば十分なはず。にも拘わらず英次郎は労を惜しまず、純三郎が手加減するのを許さずに、今宵もがんがん行こうと張り切っている。

そんな前向きな少年相手の稽古は、素直に楽しい。

大名家の御曹司らしからぬ気性の持ち主である英次郎との交流は、人間の汚い面ばかりを目にしがちな、町奉行所の密偵御用と裏稼業の二足の草鞋《わらじ》を履く純三郎にとって、一種の癒しとなっていた。

稽古中に文句を付けられることも、まったく苦になっていない。何を言われても若殿の驕りではなく、より上達したい一念ゆえのことと分かるからだ。

仮にも教える立場である以上、何であれ期待されれば応えたい。

とはいえ、承知しかねることもあった。

「先だって私が所望せし儀は考えてくれたか、土肥」

木刀を納めての休憩中、英次郎がおもむろに問うてくる。

休憩といっても純三郎が捧げた手ぬぐいで立ったまま汗を拭き、息を整えるだけのことである。

「その儀でありましたら、後刻に装いを改めまして……」

道着の襟を正しながら、純三郎は努めてそつなく答える。

しかし、英次郎は言い逃れを許さない。

「苦しゅうない。存念を疾《と》く申すがいい」

息を整えながら向けてくる視線は真剣そのもの。

黙したままの純三郎を、期待を込めて更に促す。

「悪いようにはいたさぬ。明日からでも構わぬ故、私に奉公せい」

「……申し訳なきことながら、それは難しゅうございまする」

しばしの間を置いて、純三郎は返答する。

迷いが生じているらしく、口ごもりがちになっていた。

「恐れながら、それは若様のご一存でありましょう……。江戸家老様と御留守居役様のご了承は得られたのでありますか？」

「ははは、案じるには及ばぬ。そのほうが江戸雇いから始めるならば、何の障《さわ》りもないと先だって申したではないか」

「されば若様におかれましては、本気で拙者を……」

「むろんじゃ。私の側近くに仕えてくれれば、これほど嬉しいことはないぞ」

「……」

屈託のない笑みを返され、純三郎は黙り込む。

斯様な誘いなど、滅多に有るまい。

純三郎は行く手に苦難が待ち受けているのを承知の上で脱藩に及び、世間の荒波に揉まれながら生きてきた。

脱藩して早くも一年。世間の厳しさは、嫌と言うほど身に染みた。

本来ならば、この誘いに即座に飛びつくべきだろう。

何も、意に染まぬ役目に就かされるのとは違うのだ。

剣の道においては自身も修行中の純三郎だが、稽古熱心な英次郎に指南するのは晴れがましいと同時に喜ばしい。

とはいえ、正式に仕えたいとまでは思わない。

英次郎との関係は、あくまで公に非ざるもの。

なればこそ、純三郎は藩邸のお歴々から大目に見られているのだ。

それが仕官をしてしまえば、周囲の目は自ずと厳しくなる。我がままを通した後に起こり得る事態を、未熟な英次郎は予測できていないのだ。

振り出しはいつでもお払い箱にできる江戸雇いであっても、仕官させてしまえばこっちのもの。英次郎は純三郎を重く用い、いずれ自分が藩主の座に就いた暁には高い禄を与えて召し抱え、国許にまで連れ帰って、正式な側近にするつもりに違いなかった。

されど、大人たちは甘くない。

今は純三郎に目を掛けてくれている江戸家老と留守居役も、英次郎が愚かな真似をすれば評価を一転し、今度は敵視しかねない。

ややこしいことになるのは御免であった。

期待を寄せてくれるのは嬉しいが、有り難迷惑と言うより他にあるまい。

純三郎は父と兄が不慮の死を遂げ、一度は家中から追放された身。まだ父兄の仇も討っていないというのに、藩士に取り立ててもらう謂《い》われはない。

それに、上つ方に取り入って出世をするのは卑怯《ひきょう》なことだ。

そんな世渡りは、したい者がすればいい。

少なくとも、純三郎にその気はなかった。

なればこそ、英次郎の無邪気な申し出に感謝しながらも、どうしても首を縦には振れずにいるのだ。

それに相良藩に頼らずとも、純三郎には拠《よ》り所《どころ》がある。

英次郎が図星を突いてきた。

「もしや土肥、そのほうは町場暮らしが楽しいのではないか」

「は……」

「あの長屋の衆と共に過ごすのが、存外に快いのであろう？」

「いえ、それほどでは……」

純三郎は答えを濁《にご》す。

その通りと返答すれば、無垢な少年の気持ちを傷付けてしまうからだ。

英次郎は未熟であっても、他の大名や大身旗本の若殿とはどこか違う。

まだ少年であり、乳母日傘の育ちで我がままなところは同じだが、幼いながらも藩主たる者にふさわしい器量が芽生えつつある。このまま成長していけば、我欲を満たすだけのために勝手を言って、周囲を困らせる馬鹿殿になど育つまい。

名君の素質を持つ英次郎が純三郎に肩入れするのは、相良藩にとって有益な人材と見込めばこそだった。

大名の家臣、とりわけ地方の藩士は世間が狭い。

藩主の参勤に同行して江戸に下り、藩邸で勤番する機を誰もが得られるわけではなかったし、たった一年暮らしただけでは将軍家のお膝元の事情に精通できるはずもない。せいぜい非番の多さを持て余し、諸色《しょしき》の高値に驚きながら田舎者まる出しの態度で諸方をうろつき、野暮《やぼ》を嫌う江戸っ子から目の敵にされ、浅黄裏《あさぎうら》呼ばわりをされて恥を掻くのが関の山。

その点、純三郎には強い向学心がある。

藩費を給されて遊学したわけでもないのに自ら道を切り開き、ひとかどの人物となるために孤軍奮闘しているのだ。

脱藩に及んだのは感心できぬが、心意気は見上げたものと言っていい。

この若者は、いずれ必ず藩の役に立つ。

子飼いの臣として存分に働いてもらいたい。

そう見込んでいればこそ、手放したくないのだ。

華やかな都会での暮らしに憧れ、それだけの理由で藩を捨てるような軽々しい輩であれば、英次郎とて最初から相手にしない。

純三郎が脱藩するに至ったのは父と兄の死に伴って家名を断絶され、生まれ故郷に非ざる肥後の地に送られたのを、潔しとしなかったからである。

亡き父の真野均一郎は貧乏郷士の倅でありながら優秀な人材と認められ、藩士の身分を得た上で江戸の藩邸で常勤するのを認められた俊才。破格の特権は純三郎の兄で嫡男の道之進に、何事もなければ家督と共に受け継がれるはずだった。

つまり、純三郎は本来ならば兄ともども江戸で執務しながら、好きなだけ勉学に打ち込むことができたのだ。

同様に江戸で学問を積んで立身し、国家老の座にまで上り詰めた田代政典《たしろまさのり》の如く破格の出世を遂げるのも、努力すれば夢ではなかったに違いない。

しかし、真野家を待ち受けていた運命は残酷であった。

均一郎と道之進が夜道で何者かに襲われて落命し、母の妙《たえ》まで心労の末に逝ってしまったために、ただひとり残された純三郎は辛酸をなめさせられた。

両親を失った八歳の少年に扶持を与え続け、家督を継げる歳になるまで養育してやれるほど、二万石の大名家に余裕はない。

まして純三郎の父と兄は、誰とも知れぬ慮外者《りょがいもの》を相手に不覚を取り、刀も抜けずに討ち取られてしまったのだ。

不名誉な死を遂げた以上、藩士としての家名を断絶されたのも致し方ない。

かくして純三郎は肥後に送られ、均一郎の父の真野伝作の許で虐待される羽目になったのである。

すべては、英次郎が生まれる前の出来事だった。

かかる悲劇を体験した上で、純三郎は失われた過去を自力で取り戻すべく、脱藩して江戸に戻ってきたのだ。

事情が事情だけに、無下《むげ》に責めるわけにもいかない。

それに、誰にでも同じことができるはずもなかった。

凡百の少年が同じ立場に置かれても、まず江戸に出て来ようとは思うまい。

無慈悲な祖父の許を離れた純三郎は有力郷士の土肥家に引き取られ、何不自由のない暮らしを送っていたからである。

今でこそ藩領内の山村を預かる一地頭にすぎず、相良の家中に在っては下士《かし》並みの土肥家だが、先祖の土肥次郎実平は源頼朝に合力《ごうりき》し、幕府の樹立に貢献して歴史に名を遺《のこ》した人物。元を正せば藩主の相良氏と同じ相模《さがみ》の豪族であり、平家の落人《おちうど》追討のため九州へ派遣されている間に北条氏が幕府の実権を握ってしまい、帰るに帰れぬまま、肥後国の南部に土着した点も同様だった。

しかも当時から続く系図に拠れば、肥後入りした時期は土肥家が先。

今や藩主であるとはいえ、先祖が後れを取ったのは恥ずべき事実。隠蔽するために相良氏は土肥家から系図の原本を取り上げていたが、存在まで消し去るわけにはいかない。家中での身分こそ低くても粗略には扱えず、何かにつけて配慮を要する一族であった。

それほど名のある一族に庇護され、いずれは末娘と縁組みさせてやりたいとまで見込まれていながら純三郎は脱藩し、遠い江戸にやって来たのである。

江戸の藩邸で生まれ育ち、土肥家と張り合う気など毛頭ない英次郎だが、相良氏にとっては目の上の瘤《こぶ》に等しいらしい一族から距離を置いたということは、こちらに恭順の意を示していると解釈できる。

少なくとも江戸家老と留守居役は斯様に見なしており、脱藩の罪を帳消しにした理由のひとつにもなっていた。

だが、当の純三郎は相良氏に仕えたいとは考えてもいない。

どんなに辛《つら》かろうとも、媚《こ》びるまい。

英次郎に対しても、へりくだってはなるまい。

生き馬の目を抜く都会の暮らしが、何もかも楽しいと言えば嘘になる。

されど、世知辛い江戸に在っても純三郎の隣近所は暖かい。

裏店の住人たちは武士だからと特別扱いをしない代わりに、気を遣いつつも親しく接してくれる。居着いた当初は誰とも馴染まずにいた純三郎だが、今は隣近所の皆と打ち解け、三太にお梅、お松や竹蔵、菊次といった、長屋の無邪気なちび連との交流を通じて、孤独に陥りがちな心を和《なご》ませている。

食っていくために就いた表と裏の生業《なりわい》も、やり甲斐は大きかった。

町奉行所の密偵としては罪に問うことの叶わぬ悪を、裏の稼業人として人知れず裁きにかける。

それが正義とは言うまいが、愛する江戸の平和を護る役に立っているのであれば命を懸けて戦う意味があるというもの。

英次郎にすべてを明かすわけにはいかない。

純三郎が裏稼業に手を染めていると知れば、この少年も庇ってはくれまい。

相良忍群を束ねる田代政近《まさちか》は、純三郎の裏の顔を知っていながら何故か見逃してくれていた。

おかげで今のところは何とかなっていたが、露見すれば純三郎は今度こそ相良藩から追放されるのは言うに及ばず、御法破りの大罪人として、公儀に突き出されるのは必定だった。

覚悟の上で始めたこととはいえ、かかる事態は避けたい。

純三郎は江戸で立身したいのだ。

わずか八歳にして追放の憂き目を見たのに続いて、二度まで将来を断たれるのは真っ平御免。英次郎のことは好きだが、それとこれとは話は別である。

やはり、相良藩を頼ってはなるまい。

己の力で道を切り開いて直参となり、学問吟味に合格して出世するのだ。

日の本六十余州に六百万石を越える領土を有する徳川将軍家の臣となり、無力な少年だった自分を酷い目に遭わせた、二万石の藩を見返してやるのだ。

かかる複雑な感情など、英次郎は知る由もない。

どうして純三郎が黙り込み、何も答えずにいるのかが分からぬまま、不安げな面持ちになっていた。

英次郎は探るように問いかける。

「仕官を迷うほど、そのほうは町方の御用が大事なのか?」

「……」

やはり、純三郎は返答できない。

下手なことを言えば、恵吾と正平に迷惑がかかると判じたのである。

英次郎が癇癪《かんしゃく》を起こし、江戸家老や留守居役にあらぬことを言えば、南町奉行所に苦情が持ち込まれる。そんな事態は避けたかった。

あの二人は純三郎が剣術指南のために役目を休むのを嫌がるどころか、逆に協力してくれるのが常だった。

純三郎にとって、英次郎は亡き父親が仕えた主家の若君。

土肥家の信安と同様に、敬意を払わなくてはならない相手だ。

密偵御用が多忙だからといって、放っておいては罰が当たる。脱藩の罪を帳消しにしてもらったとなれば、尚のことだろう。

恵吾と正平は、今日も気を遣ってくれていた。

年の瀬も近いため、町奉行所は夜間の市中見廻りを強化している。今宵も夜回りに出かける予定だったところに英次郎から呼び出しがかかったが、二人とも文句を言うどころか、嫌な顔ひとつしなかった。

『若様に見込まれたんじゃ仕方あるめぇ。さぁ、早《は》ぇ《え》とこ行ってきな』

『そうだよ純三郎さん。無沙汰をお詫びしがてら、存分にヤットウのお相手をして差し上げなって』

そう言って、快く送り出してくれたのだ。

酔っ払いの喧嘩沙汰ばかりか盗みや放火騒ぎが頻発し、取り締まりに慌ただしい時期というのに、心苦しい限りだった。

それに、近頃は不穏な辻斬り騒ぎまでが起きている。

純三郎にとっては気がかりな事件である。

ところが、なぜか恵吾は取り締まりに熱心ではない。

万が一にも出くわしたときは襲われた者を逃がすだけでいい、下手に構わず引き下がるようにと正平と純三郎に命じていた。

どうして捕らえてはいけないのか、理由は言わない。

すでに十人近くも犠牲になっているのに、解せない話である。

(もしや、町方では手が出せぬ相手なのか……)

純三郎はそんな気がしていた。

だが、見て見ぬ振りをするわけにはいくまい。

辻斬りは乱世の武用刀と思しき、寸の詰まった肉厚の刀を凶行に用いている。

藪庵《やぶあん》による検屍の結果、明らかになったことだった。

ふざけた号を用いていても、藪庵は名医。亡骸に残された傷から割り出した凶器の特徴は、純三郎から見ても間違いないと思われた。

(同田貫に違いあるまい。しかも、太刀筋は拙《つたな》いながら柳生新陰流……)

将軍家御流儀の剣を学ぶことのできる者は、自ずと限られる。

直参旗本の中でも高い禄を代々得ている御大身の子弟か、あるいは徳川に連なる十八松平か。

相手が誰であれ、江戸の平和を乱す輩は許せない。

同田貫を悪事に用いているとなれば、尚のことである。

とはいえ、相手が大物すぎては手を出し難《にく》いのも事実。

下手に留蔵と伊織を巻き込んで、危険に晒《さら》すわけにもいくまい。

されど、このまま放ってもおけない。

こうしている間にも、新たな犠牲者が出ているのかもしれないのだ。

(俺一人で殺《や》れるのだろうか……)

稽古に熱中していた余韻も醒め、純三郎は落ち着かなくなりつつあった。

そんな雰囲気を察したかの如く、英次郎はぼそりと言った。

「本日はこれまでといたそう」

「よろしいのですか、若様？」

「町方の御用があるのだろう。無理を言うてしもうてすまなかったな」

「め、滅相もありませぬ」

「その代わり、良き返事を待っておるぞ。今一度、しかと考えてくれ」

「は、はい」

微笑む英次郎にぎこちなく答え、純三郎は一礼する。

気まずい表情を隠すため、敢えて深々と頭を下げていた。

稽古の途中で考え事をするなど、感心されぬことである。

まして相手は主家の御曹司であり、無礼があってはならない相手だった。

にも拘わらず、英次郎は純三郎を咎めなかった。

町奉行所の密偵御用が大事であれば、手を抜くことなく専心すべし。

我がままを言って、江戸の治安を護る邪魔をしてはなるまい。

そんなことまで考えてくれていたのであった。

三

江戸を吹く風には、どことなく潮の香りが交じっている。

海に近い愛宕下では尚のこと、そう感じられた。

(奇妙なものだ、な……)

相良藩邸を後にして、藪小路から佐久間《さくま》小路と夜道を辿りつつ、純三郎は胸の内でつぶやいた。

懐かしいはずの風の匂《にお》いに、ちっとも感動を覚えることができずにいる。

むしろ、五木村で毎日嗅いでいた木々や緑の香りが思い出される。愛宕下の藩邸で生まれ育ったはずなのに、これも山奥の村での暮らしが長かったせいなのか。

(いかん、いかん)

苛立たしげに頭を振り、純三郎は鼻をひくつかせた。

しかし、相変わらず何の感動も湧《わ》いてこない。

この潮の香りこそが、江戸の証《あか》し。

感慨を覚えずして、何とするのか。

悲願を叶えるために脱藩し、長旅を経て江戸に戻った当初は違っていた。

これから先が真の人生。

何ものにも縛られず、思うがままに生きてやる。

そんな決意を新たにしながら品川《しながわ》から高輪《たかなわ》へと続く海沿いの道を闊歩《かっぽ》し、幼い頃に日々嗅いでいた潮の香りを、胸一杯に吸い込んだものだ。

あれは本来この地で過ごすはずだった、八歳から二十歳になるまでの失われた時を取り戻したい一念がそうさせた、無意識の反応なのかもしれない。

それなのに、なぜ山村の木の香が懐かしいのだろうか。

(どうした、土肥純三郎。これがお前の求めて止まずにいた、江戸の証したる匂いではなかったのか？)

歩を進めつつ、純三郎は編笠の下で動揺を覚えていた。

改めて鼻をくんくんさせてみても、ただ磯臭いばかりである。

ふと、純三郎は吐き気を覚えた。

とても懐かしむどころではない。

「ううっ……」

吐き気に耐えつつ、純三郎は鼻を利かせるのを止める。

潮の香りを嗅いでいて、嫌な記憶を呼び起こされたのである。

あれは江戸を目指した道中で、最もきつい経験だった。

昨年の秋、純三郎はかねてより計画していた脱藩を実行すべく、常の如く剣術の稽古のために人吉城下へ出かける態《てい》を装い、五木村を後にした。

人吉から八代《やつしろ》に出て、薩摩街道、豊前《ぶぜん》街道、長崎《ながさき》街道を順に踏破《とうは》し、小倉《こくら》近くの大里港《だいりこう》に停泊していた船に水と食料を持参で忍び込んだ純三郎は、当時はまだ金槌《かなづち》だったため、万が一にも沈没したらどうしようかと毎日震えながら、瀬戸内《せとうち》の海を渡ったものである。

海路の旅は、出港してから十日余りも続いた。

溺死《できし》の恐怖と日々戦う一方で船酔いに悩まされ、船倉に持ち込んだ携帯食の干し飯《いい》を食べても水を飲んでも、すぐに吐いてしまうことを繰り返すうちに、到着したのは播磨《はりま》の室津港《むろつこう》。

足が地に着いてさえいれば、疲れなど苦にならない。

室津から姫路《ひめじ》、明石《あかし》、西宮《にしのみや》と来て、大坂《おおさか》から先は江戸を目指し、ひたすら東海道《とうかい》を突き進むのみだった。

あれほどの長旅をしてでも辿り着こうとしたのだから、二度と嗅ぎたくないはずの潮の香りを江戸の証しと思い込み、喜んだのも当たり前。

だが、江戸は純三郎が思っていたほど住みやすい場所ではなかった。日の本一の大都会には違いないが、市中にはさまざまな悪が跳梁し、魔都と言うべき一面を持っている。

このままにはしておけない。

故に表と裏の両方で、悪党どもとの戦いを始めたのだ。

江戸は純三郎にとって、愛着深い理想の場所。遠い肥後の地で恋い焦がれ、思い描いていた通りの、平和な地であってほしい。

そう願えばこそ、裏稼業に身を投じたのだ。

御法を破って悪を討つからには、その上を行く大悪党になる必要がある。それに外道が相手といえども人斬りをする以上、まともな神経ではやっていけまい。

純三郎は斯様に判じ、辻番所の一党に加わった当初はキリシタンが忌み嫌う悪魔《サタン》に魂を売った心境だったが、いざ付き合ってみれば留蔵も田部伊織も、殺人を生業にしているとは思えぬ好漢であり、心を病んでもいなかった。

かつて根津の辻番所に身を寄せていた辻風弥十郎や本多誠四郎、そして榊伊作《さかきいさく》に全小竜《ぜんしょうりゅう》と、純三郎にとっては裏稼業の先輩に当たる男たちも同様だった。

神をも恐れぬ所業に手を染めたはずの彼らがまともであり、逆に善男善女として世間を渡っている人々の中にこそ、悪の心を隠し持つ者が多い。我欲を満たすためならば虫も殺さぬ顔をして、平気で殺しを働くことさえできるのだ。

(つくづく、人とは分からぬものよ……)

斎藤父子《おやこ》の一件以来、純三郎は密かな悔恨を抱いていた。

まさか蝮の異名を取る切れ者同心が子煩悩とは思いもよらなかったし、その凡庸《ぼんよう》な妻が平気で夫を裏切って不倫に走り、養子とはいえ息子を刺し殺しておきながら嘘泣きで周囲を欺き通せるほどの悪女であるとは、夢想だにしていなかった。

もっと早くに気付いていれば、あの父子を助けられたのではないか。

同様の悲劇を、二度と見過ごしてはなるまい。

とはいえ、気負いすぎては元も子もない。

悪党退治の裏稼業に更なる熱意を燃やす一方で、純三郎は少々疲れていた。

「ふう……」

潮の香りに覚えた吐き気は、何とか収まった。

今や心から懐かしいと感じるのは、齢を経た木々と緑に満ちた山の匂い。

江戸市中で暮らしている限り、青梅《おうめ》か高尾《たかお》の辺りまで足を伸ばさなくては、嗅ぐとのできない芳香である。

市中で見かける植え込みなど、純三郎から見れば木ではない。

見渡す限りは、すべて山。

そんな環境の下で十年余りも、汗みずくになって働いてきたからだ。

五木村では子孫のために杉や檜《ひのき》を代々に亘って植え付け、材木に育ったのを伐採した後は、再び植林することを繰り返す。

山の神を信仰し、無礼な振る舞いを慎むことも忘れない。

そうやって村の共有財産と言うべき山を護り、藩主の相良氏も干渉しきれぬ広大な地を何百年も仕切ってきたのが、土肥家をはじめとする地頭衆。

純三郎は、その土肥家の力となることを期待されていた。

かつて信安が幾度も連れ戻そうとしたのも、藩主にとって好ましい存在ではない一族の護りとして、タイ捨流の腕を活かしてほしいと願えばこそ。

世話になった土肥家のためならば、役に立ちたい。

しかし、純三郎は相良氏からも当てにされている。

どちらを選べと言われても、申し訳ない限りだが、両方とも断るしかあるまい。

純三郎はただ、江戸に居着きたいだけなのだ。

そして、自分を翻弄した運命に、とことん逆らい抜きたいのだ。

一体、天は何をさせたいのだろうか。

父と母と兄を一度に失い、無慈悲な祖父の許で過酷な目に遭わされたかと思えば土肥家に引き取られ、さらには相良氏からも当てにされることになるとは、何とも奇妙な話である。

数奇なことと思いながらも運命に従い、成り行きに任せていれば、一生を安楽に過ごせるはずだった。

反目し合っているとはいえ、相良氏はすぐに土肥家をどうこうしようというわけではなく、土肥家にしても主従の分を越えた真似をするとは思えない。今さら下克上でもあるまいし、藩主と地頭が争ったところで、何も生まれはしないからだ。

純三郎は事態を静観し、土肥家と相良氏の双方から贔屓にされているのを幸いとばかりに、付かず離れずにやっていけばいい。

だが、純三郎は自分を待ち受ける運命を警戒していた。

斯様な心境に至ったのは、一家が全滅したことに端を発している。

均一郎と道之進さえ不慮の死を遂げなければ、妙も心労の末に病で果てることはなかったであろうし、純三郎もずっと江戸で暮らしながら、好きな学問に思い切り打ち込めたはずだった。

ささやかながらも幸せだった家庭を破滅させたのは、果たして何者なのか。

江戸の平和を乱す悪党どもを成敗することも大事だが、その者こそ純三郎が倒すべき、最大の敵なのではあるまいか。

そんなことを考えていれば、足も思うように進まない。

夜更けに屋外で稽古をしていて体が冷え切り、四肢が強張っているせいでもあるのだろうが、今の純三郎は心のほうが疲弊していた。

これというのも、諸方から頼りにされているからである。

相良氏に土肥家。二万石の大名と、その領内で山ばかりの村を与えられただけの地頭一族とはいえ、誰もが近付きになれるわけではない。

江戸市中に多い浪人たちからすれば、垂涎《すいぜん》もののはず。

されど、純三郎は享受したいと思わない。

(まずは英次郎様に、謹んでお断り申し上げねば……な)

その上で土肥家の信安にも書状を送り、申し訳ない限りだが戻るつもりはないと正式に意を示さなくてはなるまい。

これは恐らく、馬鹿な真似なのであろう。

双方からの誘いを断るとは、どうかしている。

だが、純三郎はそうしたいのだ。

むろん、現実が厳しいのは承知の上。

あくまで自力で江戸に居着くとなれば、是が非でも、旗本か御家人の身分を手に入れなくてはならない。

だが、株譲りをしてもらうには、まとまった金が要る。

(斯くなる上は、いよいよ刀を売るしかあるまいぞ……)

根津への戻り道を辿りながら、純三郎は決意した。

以前にも一度、純三郎は愛刀を手放している。

江戸に出てきて早々に手持ちの銭が尽き、食うに困った挙げ句の果てに、脇差を残して売り払ったのだ。

当時は身だしなみを調えるどころではなかったため、心ない刀屋から田舎者の上に文無しと一目で見抜かれて安く買い叩かれたものだったが、今や衣食足りて礼節を知る余裕もあり、以前と同じ扱いはされまい。

ちなみに今の純三郎が帯びているのは、しきりに肥後へ連れ戻そうとしていた頃に信安が譲ってくれた秘蔵の一振り。在りし日の清正から「正」の一字を授かって銘にした、同田貫正国《まさくに》の作であった。

これは稀少品と言っていい。

肥後の国主が細川氏に代わって久しい今日、正国をはじめとする一門の手がけた刀はほとんど世に出回っていないからである。

純三郎ほど金を工面する必要に迫られていない限り、所有する者は大事にしまい込んで手放すまい。

その点は、細川氏も同様だった。

一説によると熊本城中には数百振りが城備えの武具として未だに残され、拵えを外した状態で保管されているという。浜町河岸《はまちようがし》の屋敷地に亡き清正を祀《まつ》った寺まで建立《こんりゆう》してしまうほど、熊本藩政に力を尽くした遺業を敬愛して止まない細川氏だけに、単なる噂とも思えぬ話である。

同田貫とは、それほど貴重な刀なのだ。

脇差だけで過ごしているのを見過ごせず、自分の秘蔵する一振りを譲ってくれた信安には些か申し訳なかったが、背に腹は替えられまい。

とにかく一両でも高く刀屋に売りつけ、最低でも二百両はかかる株譲りに備えなくてはならない。

戦国武将として人気も高い清正が見込んだほどの稀少性を主張すれば、こちらが望み得る限りの高値で売りつけるのも、難しくはないはずである。

しかし、純三郎の目論見《もくろみ》は甘かった。

同田貫は知る人ぞ知る、戦国乱世の名刀。

違う言い方をすれば、その値打ちを知らずに、評価しない者も多いのだ。

純三郎が売り込みに廻った刀屋のあるじたちも、例外ではなかった。

翌日早々から、純三郎は諸方の刀剣商を訪ね歩いた。

稀少品であることを売り文句にすれば、必ずや食いつくに違いない。

ところが、返されたのは素っ気ない言葉ばかり。

「場違物《ばちがいもの》じゃ大した値は付けられませんよ、お武家様」

「場違物？」

「ご存じありませんかね。古刀五箇伝《ごかでん》……山城《やましろ》、大和《やまと》、備前《びぜん》、相模、美濃《みの》の伝から外れた、サックリ申し上げれば田舎物ってことですよ」

「ぶ、無礼を申すか」

「心得違いをなすっちゃ困ります。手前は何もお武家様のことを、浅黄裏呼ばわりしようってわけじゃありません。恐れながら、この手のお刀のことを左様に呼んでおりますので……」

「田舎物……か」

淡々とした態度の刀剣商を怒るに怒れず、純三郎はがっくりと肩を落とす。

後の世では五箇伝以外の刀工たちの作を指して、脇物と呼ぶ。

鎌倉の末に肥後国の北部を治めていた菊池《きくち》氏によって京の都から招聘《しょうへい》され、同田貫一門の源流となった延寿弘村《えんじゅひろむら》と国村《くにむら》は山城伝の来《らい》一派だが、元は京鍛冶《きょうかじ》であっても脇物、悪く言えば田舎物としか見なされない。

好事家《こうずか》を見つけ出し、直に売り渡すしかなさそうだった。

とはいえ、そう都合良く出会えるはずもあるまい。

(困ったなぁ)

純三郎は悄然《しょうぜん》と店を出る。最後に訪ねた、日本橋石町《にほんばしこくちょう》の刀剣商でも、まったく相手にされなかったのだ。

虚《うつ》ろな耳に、時の鐘の音が空しく響く。

陽は西の空に傾きつつあった。

そろそろ根津に戻らなくてはならない。

正平は用事があれば済ませてからでいいと言ってくれたが、いつまでも見廻りを怠けてはいられまい。

今日のところは諦めて、また出直すしかなかった。

「さて……」

気を取り直し、純三郎は歩き出す。

と、行く手を二人の若党が塞いだ。

「ちと待たれよ、ご浪士殿」

「何用か……？」

「手間は取らせぬよ。さぁ、茶でも馳走いたそう」

若党たちは速やかに先に立つ。

純三郎を呼び止めたのは、色黒で角張った顔の井田。

近くの茶店に連れて行き、煎茶と団子を振る舞ったのは、のっぺりした顔立ちで色白の川野だった。

辻斬り行脚の供をする、悪しき若党の二人組である。

罪もない町人を狙った悪行に加担しているとは、おくびにも出さない。

真の狙いを巧みに隠し、純三郎を罠にはめようと試みていた。

「話と申すのは他でもない。貴公、仕官をいたさぬか」

「えっ……」

「むろん、我らの如き若党になれと言うてはおらぬぞ。歴とした士分として、やんごとなき御方の側近くにお仕えしてはどうかと申しておるのだ」

「その御方とは、如何なるお人にござるか」

「十八松平の若君と申さば、お分かりであろう?」

「何と……」

「悪い話ではあるまい。それ、遠慮のう食されよ」

驚きを隠せぬ純三郎に団子を勧めつつ、井田はにこやかに告げる。

お世辞など口にしそうもない、いかつい顔立ちをしているだけに、一言一言に妙な説得力があった。

「貴公ほどの御仁が、腰の物を手放さねばならぬほど貧することなどあってはなるまい。ぜひともわが殿にお仕えし、武士《もののふ》の誇りを取り戻されるがよかろう」

「何も迷うには及ばぬぞ。どのみち金が要るのであろう?」

横で軽口を叩いたのは川野。

「おぬしは黙り居れ」

すかさず井田が叱り付ける。

そんなやり取りも、計算ずくのものであった。

二人して甘言《かんげん》を弄すれば、相手は疑いを抱く。一人は尊大に振る舞い、浪人を小馬鹿にしていると見せかけたほうが、怪しまれずに済むというものだった。

「連れが失礼をいたした。相済まぬ」

「い、いや……」

「子細は屋敷にてお話しいたす。よろしければ、今宵にでもお越し願おう」

礼儀正しくも親しげに語りかけつつ、井田は純三郎の肩を叩く。

見るからに軽薄な川野が同じことをすれば無礼千万でも、実直そうな井田ならば問題ない。

そんな役割の分担も、悪事に加担する身なればこそ慣れたもの。

純三郎に屋敷の場所と刻限を伝え、若党たちは茶屋の床几《しょうぎ》から腰を上げる。

入れ替わりに、見覚えのある二人連れがやって来た。

「久しいの、土肥純三郎」

「貴公……」

目の前に立ったのは田代政近《まさちか》。

後ろに付き従っていたのは小四郎《こしろう》だった。

相良忍群を束ねる父子が、何をしに現れたのか。

政近はおもむろに問うてきた。

「おぬし、先程は腰の物を何とする所存であったか」

「えっ」

「どうするつもりであったのかと、問うておるのだ」

純三郎を見返す視線はきつい。

ふつうにしていれば好々爺《こうこうや》に見える顔も、今は険しい。

「肥後の誇りと思わば、ゆめゆめ手放せぬはずぞ。愚か者め」

「貴公の知ったことではあるまい……」

ムッとした面持ちで、純三郎は言い返す。

父親でもあるまいに、人前で説教をされるなど御免であった。

「して、二人揃うて何の用向きなのだ」

「声が大きい。静かにせい」

純三郎が気分を害していることなど意に介さず、政近は隣に座る。

小四郎は無言で傍らに立ち、他の客たちの視線を遮っていた。

もとより、誰も注目してなどいない。

今日の政近と小四郎は、浪人を装った身なりである。本来ならば疾うに衣替えを済ませ、綿入れにしなければならないはずなのに、共に古びた袷の着流し姿。袴を穿かず、羽織も略している。

尾羽打ち枯らした浪人など、江戸市中では珍しくもない存在。

それに、士分だからと恐れられてもいなかった。

先客の純三郎を含め、茶屋の親爺も上客とは見なしていない。

「茶を二つくれ。この者にも、な」

「団子はよろしいんですかい、ご隠居さん」

「要らぬ」

舐めた口を利かれても政近は意に介さず、素っ気なく親爺を追い払う。

邪魔者がいなくなるのを待って、先に口を開いたのは小四郎。

「おぬしは罠を仕掛けられたのだぞ、土肥」

「罠……だと」

「あやつらは屋敷に浪人衆を誘い込み、膾斬《なますぎ》りにいたす所存ぞ」

「十八松平の若君が……？」

「その若君こそ市中を行脚せし辻斬りの正体と申さば、符合するであろう」

「…………」

純三郎は黙り込む。

わずかでも心を動かされた、己の迂闊《うかつ》さを恥じていた。

うつむく純三郎を、政近は気遣うように見やる。

「……何も恥じ入るには及ぶまい。男らしゅう、面を上げよ」

「政近殿」

「市井で一年も暮らしたとなれば、やむなきことぞ」

「拙者を庇《かば》うてくれるのか」

「さに非《あら》ず……思うたことを口にしておるだけじゃ」

つぶやく政近は、白髪頭の髷を乱していた。

着衣だけでなく髪型まで、浪人らしく見えるように装っているのだ。

一方の小四郎も抜かりはない。

剽悍《ひょうかん》な体軀《たいく》に弊衣《へいい》をまとい、黒々とした髪を頭の後ろで束ねている。

それでいて、腰の大小は手入れが行き届いていた。

何故に、刀だけは常の如くにしているのか。

理由は政近の口から明かされた。

「我らも若党どもに声をかけられたのだ。お誂え向きと見なされたのであろう」

「如何なることだ、政近殿」

「あやつらは闇雲に浪人者を集めておるには非ず。尾羽打ち枯らそうとも腰の物を大事にし、手入れを怠らぬ者を選んでいる……」

「それはまた、何のために？」

「歯ごたえのある者でなくば、斬り甲斐がないと思うておるのだろう」

「愚かな……」

「左様に思うたならば、手を貸すのだ」

「えっ⁉」

「静かにせい」

思わず息を呑んだ純三郎をじっと見返し、政近は告げる。

「若君には恐れながら引導をお渡しいたす……もとより他言は無用だが、すべては上様がお認めになられしことと心得よ」

「左様であったのか……」

純三郎は、ようやく事態を理解した。

市井の事件に首など突っ込むはずのない、相良忍群の田代父子が辻斬りを退治しに乗り出したのは、上意を奉じてのことだったのだ。

将軍直属の隠密集団である御庭番衆の一翼を担う相良忍群は、江戸開府の頃から相良藩より貸し出され、隠密たちのお目付役を務めてきた。

その実力は八代吉宗《よしむね》公が紀州《きしゅう》忍群を御庭番として組織する以前、幕府の諜報活動を担っていた伊賀者の総帥たる、服部半蔵正成《はっとりはんぞうまさなり》も認めたほど高い。

十八松平の若殿の乱行を止めるために、将軍は相良忍群を束ねる田代父子を江戸市中へ放ったのである。

探索の玄人《くろうと》で暗殺もお手の物の政近と小四郎ならば証拠を残すことなく、悪しき若殿と取り巻き連中を確実に始末できる。

徳川に連なる家名まではさすがに断絶し得まいが、父親に因果を含め、病死したことにすればいい。

十八松平の醜聞は、徳川将軍家にとっても大恥となる。

将軍の家斉公は斯様に判じ、これ以上は見過ごせぬとして、田代父子に上意討ちを命じたのだろう。

（人の命が軽いのに、上下の別はないということか……）

どれほど身分が高かろうと、誰もが何者かに生殺与奪の権を握られている。名家の若殿といえども、例外ではないのだ。

それにしても、思わぬことになったものである。

いざとなれば自分一人で片を付けるつもりだったのに、まさか敵であったはずの田代父子と共に悪党退治に向かうことになろうとは、考えてもみなかった。

かつて刃を交えた相手と思えば、感慨深い。

対する政近に、さしたる感情の動きはなさそうだった。

「早《はよ》う行け。日が暮れるまでには、間もあろうぞ」

「貴公らと共に参らずとも良いのか」

「おぬしには町方の御用があるのだろう？　後刻になってから、怪しまれぬように抜けて参ればいい」

「お気遣い、痛み入る」

「何ほどのこともない……」

そっと純三郎を促し、政近は立ち上がる。

小四郎も速やかに、後に続いた。

父親のすることに余計な口を出さぬのは、常の如くである。

それでも去り際に、純三郎に嫌みを言うのは忘れなかった。

「我らの足手まといにならば、容赦はいたさぬ……覚悟して参ることだな」

黙ってうなずく純三郎は、すでに落ち着きを取り戻していた。

齢を経て、底知れぬ凄みを帯びた政近と違って、小四郎はまだ若い。

腕こそ立つものの、些か甘さがあるのを純三郎は知っている。

上つ方、まして征夷大将軍の命を受けて働く身ならば、何事にも私情など挟んではいけないはずだが、小四郎は純三郎と張り合うつもりであるらしい。

向こうがその気ならば、受けて立つのみ。

純三郎はゆっくりと立ち上がる。

茶屋を出て歩き出す動きは、落ち着いたものだった。

辻斬りの思わぬ正体を明かされ、退治するのに手を貸せと政近から言われたときの驚きは、すでにない。

敵と共闘するなど、初めてのことである。

まして、政近と小四郎は因縁の相良忍群。

とりわけ小四郎は純三郎に敵意をあからさまにするのが常であり、隙あらば斬るつもりでいる。

共に行動するのは、まともに考えれば危険なことだ。

しかし、純三郎に恐れはない。

今宵に限り、田代父子と純三郎は目的を同じくするのだ。

誰と手を組むことになろうとも、悪は退治する。

罪もない町人を凶刃《きょうじん》の贄《いけにえ》にする若殿など、敬意を払うには及ぶまい。

江戸の平和を乱す輩は許せない。

外道と見なし、人知れず闇に裁くのみ。

西日の射す路上を歩きつつ、純三郎は闘志を燃やしていた。

四

その屋敷は、名家の別邸とは思えぬほど小体《こてい》だった。

門構えもこぢんまりとしており、中庭は狭い。

逆に言えば、逃げ回る場所がないのだ。

「ふっ、楽しみだのう」

本所の拝領屋敷を殺戮《さつりく》の場に選んだ若殿は、すっかり悦に入っていた。

「素浪人どもはまだ集まらぬのか、木村」

「今しばらくお待ちくださいませ」

木村は若殿の背後に回り、甲冑《かっちゅう》を着ける手伝いの最中だった。

「少々きつうございますぞ。ひとつご辛抱を」

「うむ。苦しゅうない」

「されば、御免」

一言告げるや、木村はぎゅっと胴の紐を締め上げる。

「ううっ……ちと苦しいのう」

「万が一に備えてのことにございまする。ご辛抱くださいませ」

思わず脂汗を流す若殿に、木村は涼しい顔で告げる。

合戦場での立ち合いの如く、具足《ぐそく》を着込んで刀を振るいたい。

そう言い出したのは若殿自身であった。

井田と川野が本家から密かに運んできたのは、黒の威糸《おどしいと》も重厚な胴丸《どうまる》具足。

在りし日の家康が関ヶ原と大坂の陣で着用したものを模し、値《あたい》を惜しまずに父親が拵えさせたのだ。

本来ならば写しを作ることができるのは歴代の将軍だけであり、十八松平の若殿であろうとも、迂闊に見せびらかすわけにはいかない。可愛い息子の望むがままに、下手をすれば将軍の怒りに触れかねない鎧を作ってやった父親も、まさか合戦遊びに用いるとは思うまい。

重ね重ね、愚かな限りである。

そんな若殿の戯れに付き合う木村らも、ふざけた連中だった。

「参りましたぞ！」

井田が敷居際から報じてくる。

「大儀であった。して、頭数《あたまかず》はいかほどじゃ」

「三人にございまする、若様。いずれも川野に任せず、拙者が選《よ》り抜いた顔ぶれにござれば、必ずやご満足いただけるかと」

「それは良いが、些か少ないではないか」

若殿がぼやいた。

ようやく具足を着け終わり、後は頭形兜《ずなりかぶと》を被るのみである。

「こうして戦支度まで調えたと申すに、そればかりでは張り合いがないぞ」

「ま、まま、今宵のところは手始めということでご容赦《ようしゃ》の程を」

若殿を宥《なだ》めつつ、木村は面頬《めんぽお》を着けてやる。

四の五の言われてばかりでは、やっていられない。

そんなことを思いつつ、口を塞《ふさ》いでやろうという腹づもりだった。

うるさい若殿を黙らせると、木村は立ち上がった。

仕官どころか膾斬りにされるとも知らずに集まったとはいえ、一応はそれらしく浪人どもに挨拶《あいさつ》をしてやる必要がある。

中庭には、いずれ劣らず尾羽打ち枯らした面々が控えていた。

一人は髪ばかりか眉まで白い老人だが、他の二人はまだ若い。

（活《い》きが良さそうだな。馬鹿殿では手に余るか……）

となれば、頃合いを見て助太刀に入る必要がある。

（井田にも困ったものだの。己が腕自慢だからと言うて、わざわざ腕が立ちそうな奴など選ばずとも良いものを……）

ともあれ、来てしまったからには仕方がない。

勿体ぶって咳払いをすると、木村は浪人たちに向き直る。

「夜分にご足労を願って相済まぬのう、各々方《おのおのがた》」

「滅相もござらぬ」

黙ったままでいる若い二人に代わり、挨拶を返したのは政近。

小四郎ともども弊衣の下に鎖帷子《くさりかたびら》を着込んでいることに、木村は気付かない。

一方の純三郎は常の如く、木綿物の着物に袴という装い。

いつもの足半《あしなか》を履いてこなかったのは、戦い慣れしていると気取られるのを防ぐため。代わりに草鞋を用い、手許不如意で雪駄も買えないと見せかけていた。

腰の大小は、抜かりなく寝刃《ねたば》を合わせてある。

田代父子もまた、今宵は秘蔵の同田貫を帯びていた。

肥後の武士ならば、誰もが所有できるわけではない。

乱世の武用刀を持つに値する、選ばれし手練にこそ同田貫はふさわしい。

少なくとも、弱者を狙って辻斬りを繰り返す輩が持つべきではあるまい。

愚かな若殿を上意討ちにし、取り巻き連中の口も併せて封じる。

目的を遂げるため、純三郎は田代父子と事前に打ち合わせをしてあった。

若殿の始末は、政近が直々に付ける。

取り巻きの者どもは小四郎と連携し、順次討ち取る。

小四郎はあらかじめ探りを入れ、若殿の辻斬り行脚に付き添っているのは用人と二人の若党のみであるのを突き止めていた。

もっと早くに若殿たちを仕留めていれば、幾人かの犠牲者は救われていたのかもしれない。

そう思えば、純三郎は複雑な心境にならざるを得なかった。

しかし、この期に及んで気を乱してはなるまい。

今宵ばかりは田代父子と連携し、事を為すのみ。

そう決意した以上、余計なことは考えまい。

「されば、若君より直々にお言葉を頂戴なされよ」

木村が微笑みながら告げてきた。

この男、悪党であるが腕は立つ。

小四郎が調べたところによると日頃は二人の若党に任せきりにし、自ら刀を抜くことはないらしいが、よほどの手練と見なしていい。

真っ当に生きていれば、同田貫を持つにふさわしい武士にも成り得ただろう。

だが、そんなつもりなど毛頭あるまい。

隙のない身ごなしと目の配りをしていながらも、木村のいかつい体軀《たいく》からは我欲を満たすことに執着する者に特有の、濁った気が漂い出ている。

体臭とは異なる、人の心気である。

斯様な男は救いようがない。

鍛えた腕を誤った方向に活かして憚らずにいるのであれば、正しく生きることを説いたところで無駄なこと。速やかに引導を渡し、往生させてやるのみだ。

「若様のお成りにござる」

木村の一言に続き、井田と川野が座敷の障子をすーっと開く。

若殿が物々しい姿を現した。

「欲を掻いて集まりし素浪人どもめ、わが剣の錆《さび》となるがいい！」

面頰の下でくぐもった声を上げつつ、若殿は庭に降り立つ。

刹那、政近は機敏に動いた。

平伏した体勢から、だっと玉砂利《たまじゃり》を蹴って跳んだのである。

一挙動で軽やかに宙を舞い、間合いを詰める。

若殿は、左腰に佩《は》いた同田貫に手を掛ける余裕さえ与えられなかった。

近間に降り立つや、しゃっと政近は鞘を払う。

振りかぶった肉厚の刀身が、大きく弧を描く。

次の瞬間、若殿の兜《かぶと》が両断された。

頭ごと、一刀の下に断ち割ったのである。

「わ、若様！」

「おのれっ！」

川野と井田が口々にわめいた。

しかし、大脇差を抜くには至らない。

小四郎が、隠し持った馬針を続けざまに投じたのだ。

狙い違わず、喉笛《のどぶえ》を貫かれた二人の若党は沈黙する。

駆け寄りざまに小四郎が浴びせた抜き打ちは、とどめの太刀。

残るは木村のみだった。

「うぬら、公儀の回し者だな……」

鋭い視線で田代父子を牽制しつつ、動かぬ若殿の左腰から同田貫を取り上げる。

あるじの死を悼《いた》むどころではない。

同田貫に並の刀で立ち向かえば、打ち折られるのがオチ。

それが分かっていればこそ、あるじの佩刀を奪ったのだ。

血路を開き、一人だけ逃げ延びる気なのだ。

行く手を塞いだのは純三郎。

「おぬし、それでも侍のつもりか……？」

「ほざけ」

不敵に笑い飛ばすや、木村は同田貫を頭上に振りかぶる。

柳生新陰流、雷刀《らいとう》の構えであった。

一介の用人の身で、将軍家の御流儀を学べるはずがない。

木村は若殿の道場通いに付き添い、屋敷では稽古相手を務めながら、当人はまるでものにならずにいた柳生の剣を、ことごとく盗んで身に付けたのである。

対する純三郎の構えは右甲段。

柳生新陰流とタイ捨流。源を同じくする流派の対決であった。

「む！」

「りゃっ」

二条の刃が唸《うな》りを上げてぶつかり合う。

共に重心を低く保ち、沈《ちん》なる身で同田貫を振るっていた。

手にした刀は同じでも、技倆は木村が上であった。斬り立ててくる純三郎の刃を巧みに受け止め、受け流し、付け入る隙を与えない。

しかし、純三郎には鍛え抜かれた体さばきがある。

将軍家御流儀として洗練された柳生の剣が捨て去った、乱世の合戦場さながらの体術を——手刀と足刀を刃を交えながら繰り出す戦い方だ。

むろん、どの流派にも隠し技として、古の戦法が密かに伝承されてはいる。

されど、木村はそれを知らない。門外漢が付き添いを装って道場で見取りをしていれば柳生一門が真の手の内を明かすはずはなく、そもそも見込みのない馬鹿殿になど最初から伝授してもいなかったからである。

たしかに木村は強い。

だが、その強さはあくまで道場での立ち合いに限ったものだ。

人も斬ってきたとはいえ、相手は弱い者ばかり。

中途半端な強さをひけらかし、一体どれほどの弱者を泣かせてきたのか。

そんな愚か者に、生きる資格はあるまい。

「ぐわっ」

斬撃を逆に受け流されるや、重たい『足蹴《そくしゅう》』の一撃をぶちこまれた木村が呻《うめ》く。

次の瞬間、肉と骨を断つ鈍い音。

よろめいた隙を見逃すことなく、純三郎が怒りの一刀を決めたのだ。

「見事じゃ……」

血脂をぬぐう姿を見やりつつ、政近は満足げにつぶやく。

「……少しは腕を上げたらしゅうございますな」

面白くなさそうにしながらも、小四郎が相槌《あいづち》を打つ。

もはや長居は無用だった。

「早《はよ》うせい、土肥」

「うむ……」

小四郎に促され、純三郎は踵《きびす》を返す。

と、その背中に政近が歩み寄る。

刹那、純三郎はぶわっと跳んだ。

遠間《とおま》に降り立つや、機敏に庭を駆け抜ける。

「ま、待てっ」

小四郎が慌てた声を上げる。馬針を投げ打とうとしたときにはすでに遅く、塀を乗り越えた純三郎は姿を消してしまっていた。

「何をしておられたのですか、父上……」

小四郎は悔しげに歯噛みする。

珍しく父親を非難したのも無理はない。

すべてを終えた後、純三郎は始末することになっていたからだ。

政近が直々に手を下すと言ったため、小四郎は油断を誘う役に徹していた。

ところが、政近は粛清の刃を振るおうとはしなかった。

同田貫どころか馬針も抜かず、ただ純三郎に近寄っただけだったのである。

十八松平の若殿を密殺したことが、世間に漏れれば一大事。

田代父子はむろんのこと、相良藩も厳しい責めを負うことになりかねない。

そうなれば小四郎が敬愛する叔父の田代政典――政近の腹違いの弟まで、詰め腹を切らされるかもしれないのだ。

しかし、当の政近は微塵も動じていなかった。

「あやつが余計なことを口外いたすと思うのか、小四郎」

「さ、されど……」

「安堵せい。元を正さば、あやつは我らと同じ相良忍群なのだぞ」

「それは存じておりますが、未だ父上の軍門に下ってはおりませぬ故……」

「いずれ従えてみせるわ。さ、引き上げだ」

「ははっ」

不承不承、小四郎は政近と共に屋敷から抜け出す。

難を逃れた純三郎の姿は見当たらない。

田代父子のやり取りも、耳には届いていなかった。

あとがき

前巻から間が空いてしまい、申し訳ありません。

このたび刊行が大幅に遅れましたのは、シリーズ第三部の完結に向けて、構想をまとめるのに時間がかかったからであります。お待たせしてしまった読者の皆々様に、まずは心よりお詫びを申し上げます。

拙作「辻番所シリーズ」を初めてお読みいただく方にご説明しますと、本作品は主人公が五冊ごとに交代する形式を採っております。第一部の辻風弥十郎《つじかぜやじゅうろう》、第二部の本多誠四郎《ほんだせいしろう》に続いて登場した、土肥純三郎《どいじゅんざぶろう》を主人公とする第三部も、残すところ一冊。今回の十四巻に続く、十五巻のみとなりました。

あと一冊で第三部を完結させることとなり、私が悩んでしまったのは、純三郎はどうすれば心の内に抱《かか》える闇を晴らし、根津《ねづ》の辻番所から明るく巣立っていけるのだろうか？　という一点です。

記憶を失った代償に少年の如く純粋な心を持つことができた弥十郎、無頼漢《ぶらいかん》を気取りながらも弟を可愛がる一面を備えていた誠四郎とは違って、純三郎は二人より若いにも拘《かか》わらず屈託《くったく》の多い青年です。この性格は、作品の中でも書いております通り、少年の頃からの不遇な過去に基づいています。

完全無欠のヒーローばかりでなく、生身の人間に近い主人公の物語が書きたいという私の願いの下《もと》に生まれた純三郎は、どのような事態に直面すれば成長し、前に進めるのか？　あくまでフィクションではありますが、江戸に居着いて立身出世することにこだわってきた純三郎が真の敵と対決し、暗い過去と決着をつけるまでを書き手である私自身が納得し、共感できる内容でまとめなくては、読者の皆様にもご満足してはいただけまい。そんなことに思い悩みながら取り組むうちに、時間がかかってしまいました。

お待たせしてしまって誠に申し訳ありませんでしたが、渾身《こんしん》の力を込めて書かせていただいた純三郎の決着編——続く十五巻と併《あわ》せてお読み願えれば幸いです。

二〇一二年一月

牧　秀彦拝

光文社文庫

文庫書下ろし／連作時代小説

黒《こく》冬《とう》の炎《あら》嵐《し》

著者　牧《まき》　秀《ひで》　彦《ひこ》

2012年2月20日　初版1刷発行

発行者　駒　井　稔
印　刷　堀内印刷
製　本　榎本製本

発行所　株式会社　光文社
〒112-8011　東京都文京区音羽1-16-6
電話（03）5395-8149　編集部
8113　書籍販売部
8125　業務部

落丁本・乱丁本は業務部にご連絡くだされば、お取替えいたします。

ISBN978-4-334-76371-8　Printed in Japan

組版　萩原印刷

お願い　光文社文庫をお読みになって、いかがでございましたか。「読後の感想」を編集部あてに、ぜひお送りください。

このほか光文社文庫では、どんな本をお読みになりましたか。これから、どういう本をご希望ですか。

どの本も、誤植がないようつとめていますが、もしお気づきの点がございましたら、お教えください。ご職業、ご年齢などもお書きそえいただければ幸いです。当社の規定により本来の目的以外に使用せず、大切に扱わせていただきます。

光文社文庫編集部

光文社時代小説文庫　好評既刊

死相　庄司圭太
深川色暦　庄司圭太
鬼蜘蛛　庄司圭太
赤鯰　庄司圭太
陰富　庄司圭太
夫婦刺客　白石一郎
つばめや仙次　ふしぎ瓦版　高橋由太
群雲、関ヶ原へ（上・下）　岳宏一郎
群雲、賤ヶ岳へ　岳宏一郎
天正十年夏ノ記　岳宏一郎
寺侍　市之丞　千野隆司
読売屋　天一郎　辻堂魁
ちみどろ砂絵　くらやみ砂絵　都筑道夫
からくり砂絵　あやかし砂絵　都筑道夫
きまぐれ砂絵　かげろう砂絵　都筑道夫
まぼろし砂絵　おもしろ砂絵　都筑道夫
ときめき砂絵　いなずま砂絵　都筑道夫

さかしま砂絵　うそつき砂絵　都筑道夫
焼刃のにおい　津本陽
死笛　鳥羽亮
秘剣水車　鳥羽亮
妖剣鳥尾　鳥羽亮
亥ノ子の誘拐　中津文彦
枕絵の陥し穴　中津文彦
つるべ心中の怪　中津文彦
彦六捕物帖　外道編　鳴海丈
彦六捕物帖　凶賊編　鳴海丈
ものぐさ右近風来剣　鳴海丈
ものぐさ右近酔夢剣　鳴海丈
さすらい右近無頼剣　鳴海丈
ものぐさ右近多情剣　鳴海丈
炎四郎外道剣　血涙篇　鳴海丈
右近百八人斬り　鳴海丈
ご存じ遠山桜　鳴海丈